莫言

姑媽的寶刀

上海文艺出版社

图书在版编目(CIP)数据

姑妈的宝刀/莫言著.—上海：上海文艺出版社.2012.8
(中国短经典丛书)
ISBN 978-7-5321-4522-5
Ⅰ.①姑… Ⅱ.①莫… Ⅲ.①短篇小说—小说集—中国—当代 Ⅳ.①I247.7

中国版本图书馆 CIP 数据核字(2012)第 144101 号

总 策 划：黄育海　陈　征
统　　筹：曹元勇　郑　理
特约策划：杜　晗
责任编辑：谢　锦
装帧设计：丁威静

姑妈的宝刀
莫言　著
上海文艺出版社出版、发行
上海绍兴路 74 号
新华书店经销　山东临沂新华印刷物流集团印刷
开本 890×1240　1/32　印张 8.25　字数 143,000
2012 年 8 月第 1 版　2012 年 10 月第 4 次印刷
ISBN 978-7-5321-4522-5/I·3513　定价：30.00 元

告读者　如发现本书有质量问题请与印刷厂质量科联系
T:0539-2925636

中国短经典

目录

春夜雨霏霏……1
放鸭……19
售棉大路……27
大风……49
白狗秋千架……63
断手……91
遥远的亲人……113
爱情故事……135
夜渔……149
地道……161
天才……175
铁孩……189
翱翔……205
姑妈的宝刀……219
月光斩……237

春夜雨霏霏

哥哥,你听得到我的声音吗?——这从远方一个最爱你的人心里发出的浸透着眷眷之情的音波。近来,人们都在谈论着"心灵感应"的事,对此我惟愿其真惟恐其假。我想,爱人的心应该是时刻相连,息息相通的。记得听老人说,从前,有一个母亲怀念儿子,就咬咬自己的手指,远方的儿子便心中疼痛,知道老母正在思念他……现在,我也咬住了自己的手指,直咬得隐隐作痛。但愿这信号已经传导给你,使你也知道我正在思念你:让你在这神秘的雨夜里也像我一样静坐在窗口,听听你这个饶舌的妹妹向你叙说我突然想起来的那些过去的、现在的和将来的事。

哥哥,此刻,家乡上空正飘洒着霏霏的春雨。这雨从八点开始到现在已经下了两个多小时。村子已经进入梦乡,除了淅淅沥沥的雨声,再也没有别的音响。清爽的小风从窗棂间刮进来,间或有一两个细小的水珠飘落到我的脸上。哥哥,你还记得我的脸吗?你曾经吻过的那张脸。人家都说我俊,说我的脸是晒不黑的玉兰花瓣;你说我不丑,说我的脸像玉兰花瓣一样晒不黑。别人这样说是奉承我,而你是爱我才这样说。其实,我的脸是很容易晒黑的,如果你现在见到我,一定会用双手捧住我的脸说:"哟!我的玉兰花瓣怎么变成玫瑰花瓣了。"你一定会这样说,一定的,因为你爱我……

转眼之间,我们结婚已经两年了。前年的三月初三,是咱俩的好日子。那天,天上飘着毛毛细雨,空气清冽芳醇。我一夜没合眼,天刚蒙蒙亮就从床上爬起来。我没有梳洗,也没有换衣,而是把你送给我的那些贝壳、海螺、鹅卵石全都找出来,我把它们用手绢擦得干干净净。我摩挲着光洁晶莹的卵石,五光十色的贝壳,奇形怪状的海螺,耳边仿佛听到了海浪的欢笑,眼前仿佛出现了那金黄色的海滩。我知道,你是一个守岛的战士,你深深地爱着海岛上的一切。你觉得你喜爱的我也一定喜爱,于是就把这些海洋中的、海滩上的瑰宝寄给我,一次又一次,我已经积攒了几十颗这样的宝贝。你把我这个从来没见过海的女孩子也给陶冶成了一个海迷、岛迷。每当从电影上、书本上见到那些奇谲壮观的形象和闪烁着神秘色彩的字眼时,我的心便一阵阵颤栗,因为看见海看见岛我就会想起与海岛共呼吸的你。你送我的宝贝,每时每刻都在对我诉说它们家乡绚丽的景色与动人的神话。我每天夜里,总是要抚摸着它们才能入睡,它们自然而然地进了我的梦境。在梦中,我跟随它们到了镶嵌在万顷碧波之中的像钻石一样熠熠发光的无名小岛……

哥哥,从打和你好了之后,就盼着能早一天……可你却参了军,走的时候,我去送你。在村外的柳林边上,你对我说:"兰妹,等着我,三年之后我就回来。"我知道你奔的是正道儿,参军是大好的事儿,可是心里总是发酸,眼睛里的泪夹也夹不住,扑簌簌地往下流。你看看四下无人,就弯起指头替我刮脸上的泪。我真想就势扑进你的怀抱,但是又不敢……

你走了,你沿着蜿蜒的乡间小路走了。你三年没回来,四年还没回来,一直等到五年半上你才回来。我的哥哥,我终于把你盼回来了。人家都说当兵的提拔了军官就另攀高枝,你却不是这样,你这个二十六岁的指导员,回来后的第三天就和我结了婚。哥哥,我真感激你!找一个丈夫容易,找一个知心的爱人却不容易,但是,我却找到了。我是共青团员,不信也不能信鬼神。但我却要感谢老天爷配给了我一个好女婿。你说,你也要感谢老天爷,配给你一个好媳妇。你说这二年当兵的找对象不容易,守岛的大兵找个对象更不容易。你说像我这样漂亮的姑娘完全可以找个比你更好的人,我急忙用手掩住了你的口,我不让你说这种话。我对你说,我永远爱你,是的,永远!你说,你也永远爱我,就像永远爱那座无名小岛一样。你竟把我放在小岛之后,你爱上岛胜过爱我,假如它是个人,我是要嫉妒的。我不明白,你为什么那样执著地爱着那个海中央的荒岛。我问道:"假如我和小岛都面临着丢失的危险,你先抢救哪一个?"你说:"小岛!"我生气了,一个活灵灵的人,竟比不上那乱石嶙峋的荒岛。我哭了,你却笑了。你笑着说:"傻姑娘!小岛是祖国的领土,爱小岛就是爱祖国;不爱祖国的人,值得你爱吗?"我也不好意思地笑了,噙着两眼泪水。

　　那天上午,九点钟刚过两分,你骑着自行车接我来了,打老远儿我就听到了你按响的那串铃声,丁丁零零,像小溪流水一样欢快,像珠落玉盘一样清脆。你穿着崭新的军装,胸前缀着一朵红花,细雨淋得你的的确良军装半湿不干,更显得花儿红,星儿红,两面旗儿红。你的被海风吹得黧黑的脸庞上挂着一层细密的水珠,不知是汗水还是雨点。你对着我笑,你对着所有的人笑,露出一口白牙,左侧那颗小虎牙闪烁着晶莹的光亮。人家的姑娘成亲,都是前呼后拥的一大排自行车迎送,而咱们就是一辆车子两个人。你载着我,我坐在垫了毯子的后座上,偷偷地伸出一只手揽住了你的腰,把身子靠在了你宽厚的背上。我亲切地感受到了你的温暖,心中像有一匹小鹿在乱蹦乱跳。娘家离咱家十里远一点,你将车子骑得很慢很慢,还不时地掉回头来看我。雨虽小,工夫长了也淋人,我的刘海一绺绺地粘在额头上。肩头上,胸前隆起的地方都淋湿了,身子感到凉飕飕的。想催你快点骑,我又怕破坏了你的兴致。随你的便,只要能遂你的心意,我吃点苦算什么?你又回过头来看我,车把子一拧,连人带车子下了沟。我仰面朝天躺在沟底下,裤子上、褂子上、后脑勺上都沾满了黄泥。手里拎的小包袱也摔散了,卵石、贝壳、海螺、鸡蛋,摔得东一个西一个。真好!人家都是把新娘子往炕头上接,你却把我填到沟里去了。你的手碰破了,渗出一层血珠,可你好像不觉得痛,急忙把我抱起来,反过来正过来地看,好像我是一个泥娃娃,摔一下就能摔碎了似的。我故意垂下眼皮,装出不高兴的样子。你笨嘴拙舌地向我赔礼道歉,连连敲打着自己的脑壳。看你这副傻样,我再也憋不住地扑哧一声笑了。我们开始拣丢散的东西。美丽的贝壳、卵石上沾着的黄泥,我放在衣服上擦。你惊愕地睁大了眼。我说:"衣服反正脏了,这些宝贝可要干净才好。"你连声说对,拾起一个虎贝来,就放在我背上擦起来,弄得人浑身痒痒地难受——你呀,真坏!

　　摔了一跤之后,我们的心情更愉快了,我们的心贴得更紧了。小雨儿迎面飞来,飞到眼里眼睛亮,飞到口里心里甜。我真想在这潇洒的雨幕中多呆一会儿,而你恰好猜到了我的心意,你说:"兰兰,道路泥泞,为避免二次下沟,我们还是慢慢走吧,回家后我烧碗姜汤给你喝,保你不感冒。"我说:"只要是你说的,我都愿意。"你笑了笑,就一手扶了车把,一手牵着我,慢慢地向前走去。小路曲曲折折,路两边是一排排婀娜的杨柳,柳芽儿半开不开的,柳枝条上泛着鲜嫩的鹅黄色。咱们村是有名的桃林庄,隔老远就看到了一片粉红色的彩霞融在时疏时密、如烟如雾的雨丝里。绿柳、红桃、细雨,还有我们俩,和谐而融洽地交织在一起,分也分不开,割也割不断……

你说,家乡美极了,美得像一幅艳丽的水粉画;你说,要画一幅《细雨桃花》送给我。你多才多艺,会吟诗能作画,我爱你爱得简直有点迷信。你送我的那幅《小岛烟霞》,把我的心都陶醉了。那轻波荡漾的泛着玫瑰色光辉的大海,那水天相接处的几笔彩霞,那在小岛上空盘旋着的翅膀上涂上紫红的白鸥,那笼罩在五彩烟霭里的神秘小岛……我虽然没有去过小岛,但我十分熟识它,就像熟识你一样熟识它。我早就把镶在镜框里的《小岛烟霞》从娘家抢了回来(嫂子好不高兴,骂我"女大外向"),端端正正地挂在我们洞房的墙上。我把咱俩的结婚照镶嵌在《小岛烟霞》中。邻居家读艺专的二妹子说,这样就影响了画面的和谐,我说:"你不懂。"她笑着点头道:"我懂了。我是从艺术的角度去欣赏,而你呢,是用爱情的心灵来点缀。这一点都不矛盾。"是的,的确是这样,我这样做,纯属出于爱你,爱一切和你有关联的东西。我多么想能紧紧地靠在你的肩上,和你一起融在这小岛烟霞里……

瞧我,你的这个傻妹子,真傻!你不会笑我吗?是的,不会的,你对我说过:"兰兰,我的傻姑娘,爱幻想,爱流泪,还像个天真的孩子……"你是爱我这种傻劲的,不是吗?

前年的三月初三,咱俩成了亲,到今年的三月初三,是整整的两年。可是,咱们在一起的日子只有二十天。记得结婚后,梦幻般的日子过得像穿梭一样快,蜜月未度完,假期还有十天,你却要走了。你说,岛上刚分来一批新兵,有大量的思想工作要做。你说,有一个四川籍小兵,还有尿床的毛病,要赶回去对他施行"精神疗法"。你说,岛上那些小菜地该种新苗了。你说二十天没见小岛了,二十天没听到海浪的喧嚣,心里空得慌……你要走了,家里人都感到惊奇,邻居们也感到诧异。父母说:"岛上也不差你一个人……"邻居们议论:"难道媳妇不称心……"我什么也说不出来,只是用湿漉漉的眼睛紧盯着你,我多么希望你能多住几天,不,多住一天也好……你从我眼睛里,看出了我要说的话,一刹那间,你好像也犹豫起来,脸上露出进退两难的神情。我不是那号糊涂人,我不愿让你为了我的缘故改变你正确的决定,连队需要你,小岛需要你,要走你就走吧,只要不把我忘了就行。你握着我的手说:"谢谢你,好妹妹……"我说:"谁用你来谢……"一边说着,一边就将成串的泪珠儿滴落在你手上……你走了,我也不能跟你去——父母年纪大了,我要照顾他们。就是这样,你沿着垂柳枝条掩映下的乡间小路走了。你回来时,桃花正开得好似烂漫的轻云;你走时,绿叶参差的枝头刚刚挂上拖着长尾巴的毛茸茸的小桃。你一去又是两年,两年是二十四个月,一年是三百六十五天哪!去年的桃花开得如霞如云,你没看见;今年的桃花又如烟如云般开了,你又没看见……

你提着两大包家乡的黄土走了,给你煮好的鸡蛋,炒好的花生你全都不要。你说,岛上的土比金子还贵重,探家回去的干部战士都往岛上带土。

你带着家乡的黄土走了,我亲手装上的黄土;你带着我的思念走了,凝聚在黄土里的思念。

你给我来了二十四封信,一封封我都反反复复地看,重重叠叠地吻。这些从大海深处飞来的沾带着咸滋滋的海味儿的信,传递着海浪对陆地的眷恋。海浪为什么永不疲倦地跳跃,像孩子一样兴奋地挥动着双手?这是它在向大陆倾吐着思恋与爱慕的衷曲,我想是这样。

读着你的信,我就像坐在你面前听你娓娓而谈一样。你那两只细长的眼睛聪慧地眨动着,你那线条分明的双唇轻轻翕动着。你说,海上刚刚刮过三天大风,停止了肆虐咆哮的大海显得分外宁静安谧,海面上缓缓地舒展着一个接一个的长浪,像轻风吹过五月的麦田……你说,海上卷起风暴时,无名小岛仿佛在瑟瑟地颤抖。海洋深处,像有成千上万匹烈马在奔腾,像有几万只铜号在吹响,像有几万门大炮在轰鸣;五六米高的浪头,像排炮一样从四面八方向小岛上倾泻,又像无数只要把这小岛撕碎揉烂的魔兽的巨爪在狠命地抓扯着……你说,就是在这样恶劣的天气里,你依然带着同志们上机作战,你不停地调整着机器的旋钮,用电的锐眼搜索着苍茫高远的海空,你紧盯着荧光屏上那些起起伏伏的曲线和闪烁不定的光点,你知道,那些针尖似的亮点,那些麦芒似的银线,有的是礁石的回波,有的是过往的航船,你就是要从这些瞬息万变的线点里,捕捉那些心怀恶念的"鲨鱼"。你说,在一场突来的台风中,报房上的水泥瓦不翼而飞,沉重的钢骨房架竟像纸扎的风筝一样坍塌了。值班的两个战士被堵在屋里,你踢开窗户跳进去把他们救了出来,自己险些被轰然而下的水泥预制件砸住……看到这些,我的心都悬了起来,我真为你担心啊!哥哥,你千万小心谨慎,老天保佑你……

你在信中,让我到沟坎上去采撷酸枣仁,要我到田边上去采掘生地黄。你说,要用这些给那个刚满十八岁的患了遗尿症的四川小兵治病。你说他为这叫人难为情的病所纠缠,思想负担很重,甚至产生了一些不健康的想法,你耐心地给他做思想工作,你还对连里的同志们提了三点要求,一是要关心小丁,二是要帮助小丁,三是不准歧视小丁。你让小丁搬进了自己宿舍,你在枕头底下放了一个闹钟,每天夜里喊他起来解三次手。你拉他晨起跑步,增强他的体质;你给他讲保尔的故事,坚定他的意志。你对我说,小丁的病见好了。你又一次对我说,吃了我采的药,小丁的病完全好了。你寄给我一张小丁的照片,细细的眼睛弯弯的眉,长得真像你的弟弟。他在照片里对着我笑,我看着被酸枣刺扎得结满了小疤的双手,心里就像灌了蜜一样甜……

前年的夏天里,你说岛上的菜地里收获了一个一百斤重的大冬瓜,像我们家乡轧场的石磙。去年的秋天,你说和战士们去抓螃蟹,被蟹钳夹住了手指。今年春天,你说在海滩上巡逻时,捡到了一条搁浅的大鱼,四个人才抬回去……你去年又说不能探家了,因为岛上的机器要大检修;你今年又说不能探家了,因为连队里要进行人生观教育……

今天是什么日子,你还记得吗?我的哥哥,你肯定忘了。你忘不了的,只有你的岛,只有你的海。让我告诉你吧,今天是三月初三,就是那个细雨霏霏的日子。在那个日子里,大地得到了甘霖的滋润,我得到了你火一样热烈、水一样温柔的爱抚。从那一天起,咱俩就像两滴水一样合在了一起。今天又是三月初三,天上又落下了如丝如缕的细雨,可是……

咱们墙上的挂钟刚刚敲过十二点的钟声,我依然跪在窗棂前,眼望着窗外黑魆魆的夜,耳听着沙沙的雨声,雨点儿斜飞进来,落到我的脸上、胸上……哥哥,这会儿,你在干什么?也许你正背着手枪在海滩上巡逻,你的四周是一片遥远而神秘的黑暗,远方的大洋里清晰地传来浪涛低沉的喽嚅,潮头舔舐着你脚下的沙石,沙砾中仿佛有无数的小生灵在喁喁低语。你沿着沙滩拐到小岛另一面临海的峭壁上,你站在一块巨石上极目远望,远处的海面上闪动着暗绿色的磷光,像有无数只萤火虫麇集在那里。有一盏航标灯在时隐时现地眨眼,一团浓重的白雾包住了灯火,标灯亮起来时,海面上就有一个轮廓分明的光环在忽上忽下、忽左忽右、飘摇不定地闪烁。你又摸上了岛中央的甘泉顶,甘泉顶上确有一股你和战友们发现的茶碗口粗的甘泉,泉水清洌甘美,胜过醇酒。你说过,在这海中央的荒岛上出现这样一股泉水,不能不是个奇迹。自从泉水引出来之后,吸引来了成群结队的海鸟,每当夕阳余晖把海岛涂抹得五彩缤纷时,鸟儿们便寄宿来了,各种各样的啼叫声震耳欲聋,甘泉顶上一片银白。你上了甘泉顶,顶上有一个哨棚。站岗的是小李,他这几天闹肚子,身体较弱,你硬把他推回去,自己站在了哨位上。夜是这样的深沉,小岛仿佛是一个被大海母亲轻轻推动着的摇篮,在慢慢地悠来荡去,夜宿的鸟儿在睡梦中唧啾。你那双细长的眼里射出警惕的光芒,巡视着黑暗中的一切……祖国没有睡觉,小岛没有睡觉,你没有睡觉,我也没有睡觉……

雨还在不停地下,这真是及时雨啊,庄稼人盼它都盼红了眼。开春以来,连个雨点儿也没落过,越冬的麦苗儿都黄了叶子,地上龟裂着指头宽的纹,连路边的小树也整日卷曲着叶片,懒洋洋地垂着头。我分工负责的那半亩棉花种子落了干,出不来苗,我就到河里挑水去浇。从河里到地里一个来回三里路,一天要跑几十个来回,就这样连挑了半个月,我的那件花格子小褂(你用它擦过贝壳上的泥)肩头上已经补了两层补丁,我柔嫩的肩膀上也磨出了老茧。地真是干透了,干得就像一块刚出窑的热砖,一桶水浇上去,霎时就不见了。这些天又老是刮西南风,热嘟嘟的又干又燥,我的嘴唇上裂了许多小口子,一笑就流血丝儿,幸好我没有心思笑。大家伙儿都不时地仰脸望着头上的青天,天空湛蓝明净,半丝儿云也没有,真叫人失望。我好像听到了土坷垃重压之下的棉苗儿发出了痛苦的呻吟与求救的呼叫,于是,就拼命地挑呀挑,能救活一棵算一棵吧!我的劲没有白费,那半亩棉花,苗儿竟出齐了。

晚上,当我拖着疲惫的身子走进我们的洞房时,劳累与思念交集而来,我偷偷地哭过好几次。哥哥,我真盼望你回来,我不图你当官挣钱,只图个夫妻团圆,只要有你在我身边,再苦再累我也不怕。然而,我知道这暂时不能够,海岛还需要你,连队还需要你,我不能拖你的后腿,为了怕你分心,家乡的旱情我一直对你隐瞒着不说,我一直对你说,很好,一切都很好……可是,我又没有办法不思念你,我常常痴呆呆地坐在炕头上,望着镶嵌在《小岛烟霞》中的结婚照,我的心飞向了小岛,飞到了你的身边。我每天晚上铺床时,总是按照我们结婚时那样式,并排儿放上两个枕头,你的在外,我的在里……我甜蜜地回忆着我们在一起的日子里的每一个细节,每天晚上,我都要复习这功课,每次都沉醉在无边无际的遐想中……

今天早晨,不是,是昨天早晨了,太阳刚一出山,就被一团灰白色的云罩住了。俗谚说,"日头戴帽雨来到"。果然,天阴了,西南风也息了,空气中有了湿润的水汽,吸进肺里,舒坦极了。我在心里虔诚地祝祷着,盼望老天下点雨,但又不敢说出口,生怕把云吓跑了似的。傍晚时分,云愈来愈低,愈来愈厚,有一丝丝凉飕飕的风吹来,风里有一股土腥味。终于,八点整,一阵较大的风吹过来,黑压压的天空变成了凝重的铅灰色,院子里的小树好像预感到了雨的来临,兴奋地抖动着枝叶,一只鸟儿尖叫着掠过去,紧接着,雨点儿啪啪地摔到了地上,刚开始雨点很稀,渐渐地就密起来了。啊呀,老天爷,终于下雨了!我跳到院子里,仰起脸,张开口,让雨点儿尽情地抽打着,积聚在心头的烦恼让喜雨一下子冲跑了。雨愈下愈急,天空中像有无数根银丝在抽曳。天墨黑墨黑,我偷偷地脱了衣服,享受着这天雨的沐浴,一直冲洗得全身滑腻时,我才回了房。擦干了身子后,我半点儿睡意也没有了,风吹着雨儿在天空中织着密密不定的网,一种惆怅交织着孤单寂寞的心情,也像网一样罩住了我……

现在,大地正袒露着胸膛,吮吸着生命的源泉,而我,却一个人跪在这不停地送来清风与水点的窗棂前,羡慕着久盼甘霖而终于得到了甘霖的禾苗,这是一个微妙的、变幻莫测的时刻,这是一种复杂的、混合着欢乐与痛苦的情绪,一个与土地息息相关的边防军的年轻妻子在春雨潇潇之夜里油然而生的情绪。我打了一个寒噤。怕是要感冒了——今天夜里我有点收束不住自己,亢奋轻狂。我不想进被窝,也不愿拉件衣服来遮遮风寒。我双手抱着圆润平滑的肩头,将身子舒适地蜷曲起来,像一只娇痴懵懂的小猫。

前几封信里,我曾对你流露过怨艾的情绪,请你原谅我吧,哥哥,我是想你想急了,才那样做的。你为了海岛连队不能回来;我想去你那里又撇不下地里的庄稼与暮年的父母。我们在一起待了二十天,只有二十天……

哥哥,你对我说过,"两情若是久长时,又岂在朝朝暮暮"。这诗句给了我极大的安慰。我们已经有了二十个朝朝暮暮,这已经很够了。你在那二十天之里和二十天之外通过各种方式给予我的爱情像潮水一样把我、把一个单纯真挚的姑娘淹没了,我由衷地赞叹你把爱海岛与爱妻子完美地统一起来的高超艺术——假如这是一门艺术的话。这一切你做得是那样自然,那样和谐,你的身躯在为着祖国尽责,却仍然能把爱情的触角伸到妻子的心里。

母亲刚刚咳嗽了一阵。她老人家身体很弱,但还是整日地操劳家务。她像疼女儿一样疼我,吃饭时,总是往我碗里夹菜。她常常骂你:"这个混小子,这个混小子,又是一个月没来信了吧?"接着就掐着指头算:"不到,不到一个月,二十五天了……"她还常对我说:"唉唉,这孩子,娶了媳妇的人,还当什么兵……孩子,让你受委屈了,年轻轻的,不易啊……"真是不易啊,哥哥!可你是真有道理的,我不怨你。我们失却了瞬时的欢娱,却得到了幸福的永恒。盼望你,反复咀嚼那些逝去的温馨的旧梦和不断憧憬日益更新生长着的植根于远大理想之上的情爱,正是一种最令人难以忘怀的幸福,它就像一杯带点苦味儿的香茶,一个带点涩味儿的苹果,一瓶带点酸味儿的橘子汁……

刚才有一阵风从庭院里掠过,院子里的桃树枝儿窸窸窣窣地响。桃花儿正盛开,前几天,院子里飞舞着嗡嗡嘤嘤的蜜蜂。由于天旱,花儿也显得憔悴,枯槁。这雨来得正是时候,明天早晨,不,今天早晨,红日初升的时候,一定有一幅美丽的图画在院子里呈现:乳白色的像蝉翼像轻纱一样的晨雾里,翠绿的桃叶上挂满亮晶晶的水珠,枝头花重,鲜润丰泽。花开花落,韶华难留。然而桃花落后,枝头上必将缀满小桃,这是比花儿更充实更完美的花的爱情的结晶。哥哥,我对不起你,我恨自己,在那些日子里,我们的爱情本已经孕育了一个小小的桃儿,可是,他却过早地脱落了。要不然,我的身边就有了一个复写的你,想你的时候,我就可以亲他吻他……

天就要亮了,雨声也零落起来。雨点儿落在花树上、落在泥土上、落在门前倒扣的水桶上,噗噗簌簌的、滴滴答答的、丁丁冬冬的声响一齐传来,我倾听着,像倾听着海岛上潮汐的涨落,像倾听着你稳健有力的心跳,像倾听着缥缈中传来的音乐。

1981年6月

放鸭

青草湖里鱼虾蕃多,水草繁茂。青草湖边人家古来就有养鸭的习惯。这里出产的鸭蛋个大双黄多,半个省都有名。有些年,因为"割资本主义尾巴",湖上鸭子绝了迹。这几年政策好了,湖上的鸭群像一簇簇白云。

李老壮是养鸭专业户,天天撑着小船赶着鸭群在湖上漂荡。沿湖十八村,村村都有人在湖上放鸭。放鸭人有老汉,有姑娘,大家经常在湖上碰面,彼此都混得很熟。

春天里,湖边的柳枝抽出了嫩芽儿,桃花儿盛开,杏花儿怒放,湖里长出了鲜嫩的水草,放鸭人开始赶鸭子下湖了。

湖水绿得像翡翠,水面上露出了荷叶尖尖的角。成双逐对的青蛙嘎嘎叫着。真是满湖春色,一片蛙鸣。老壮一下湖就想和对面王庄的放鸭人老王头见见面,可一连好几天也没碰上。

这天,对面来了个赶着鸭群的姑娘。姑娘鸭蛋脸儿,黑葡萄眼儿,渔歌儿唱得脆响,像在满湖里撒珍珠。

两群鸭子齐头并进,姑娘在船上送话过来:

"大伯,您是哪个村的——"

"湖东李村,"老壮瓮气瓮气地回答,"你呐?姑娘。"

"湖西王庄。"

"老王呢?"

"老了,退休了。"姑娘抬起竹篙,用力一撑,小船转向,鸭群拐了弯儿。

"再见,大伯!"

他们就这样认识了。

有一天,老壮又和姑娘在湖上碰了面。几句闲话之后,姑娘郑重其事地问:

"大伯,你们村有个李老壮吗?"

老壮愣了一下神,反问道:

"有这么个人,你问他干什么?"

姑娘的脸红了红,上嘴唇咬咬下嘴唇,说:

"没事,随便问问。"

"不会是随便问问吧?"老壮耷拉着眼皮说。

"这户人家怎么样?"姑娘问。

"难说。"

"听说李老壮手脚不太干净,前几年偷队里的鸭子被抓住,在湖东八个村里游过乡?"

"游过。"老壮掉过船头,把鸭子撵得惊飞起来。

姑娘提起的这件事戳到了李老壮的伤心疤上。"四人帮"横行那些年,上头下令,不准个人养鸭,李老壮家那十几只鸭子被生产队里"共了产",老壮甭提有多心疼了。家里的油盐钱全靠抠这几只鸭屁股啊!那时,村子里主事的是一个好吃懒做的主任,"共产"来的鸭子,被他和他的造反派战友们当夜宵吃得没剩几只了。老壮本来是村子里有名的老实人,老实人爱生哑巴气,一生气就办了荒唐事。他深更半夜摸到鸭棚里提了两只鸭子——运气不济——当场被巡夜的民兵抓住了。

主任没打他,也没骂他,只要把两只鸭子拴在一起,挂在他的脖子上,在湖东八个村里游乡。主任带队,一个民兵敲着铜锣,两个民兵端着大枪。招来了成群结队的人,像看耍猴的一样。为这事老壮差点上了吊。

姑娘提起这事,不由老壮不窝火。从此,他对她起了反感。他尽量避免和她碰面,实在躲不过了,也爱理不理地冷淡人家。姑娘还是那么热情,那么开朗。一见面,先送他一串银铃样的笑声,再送他一堆蜜甜的"大伯"。老壮面子上应付,心里却在暗暗地骂:瞧你那个鲤鱼精样子,浪说浪笑,不是好货!

一转眼春去夏来,湖上又换了一番景色。荷田里荷花开了,湖里整日荡漾着清幽的香气。有一天,晴朗的天空突然布满了乌云,雷鸣电闪地下了一场暴风雨。李老壮好不容易才拢住鸭群,人被浇成一只落汤鸡。暴雨过后,天空格外明净,湖上水草绿得发蓝,荷叶上,苇叶上,都挂着珍珠一样的水珠儿。在一片芦苇边上,老壮碰到了十几只鸭子。他知道这一定是刚才的暴风雨把哪个放鸭人的鸭群冲散了。"好鸭!"老壮不由地赞了一声。只见这十几只鸭子浑身雪白,身体肥硕,像一只只小船儿在水面上漂荡,十分招人喜爱。老壮突然想起在湖西王庄公社农技站工作的儿子说过,他们刚从京郊引进了一批良种鸭,大概就是这些吧?老壮一边想着,一边把这十几只肥鸭赶进自己的鸭群。

第二天,老壮一进湖就碰上了王庄的放鸭姑娘。

"大伯,你看没看到十几只鸭子?昨儿个的暴风雨把我的鸭群冲散了,回家一点数,少了十四只。是刚从农技站买的良种鸭,把我急得一夜没睡好觉呢!"

"姑娘,你可是问巧了!"老壮看到姑娘那着急的样子,早已忘记了前些日子的不快,用手一指鸭群,说,"那不是,一只也不少,都在我这儿呢。"

"太谢谢您啦,大伯。我把鸭赶过来吧?"

"我来。"李老壮挥动竹篙,把那十四只白鸭从自家鸭群里轰出来。放鸭姑娘"嘎嘎"地唤着,白鸭归了群。

"大伯,咱们在一个湖里放了大半年鸭子,俺还不知道您姓甚名谁呢!"姑娘把小船撑到老壮的小船边,用唱歌般的发音发问。

"姓李,名老壮!"

"呀!您就是苇林、李苇林,不,李技术员的……"

"不差,我就是李苇林他爹,"李老壮胡子翘起来,好像和姑娘斗气似地说,"我就是那个因为偷鸭子游过乡的李老壮!"

姑娘又一次惊叫起来。她双眼瞪得杏子圆,脸红成了一朵粉荷花。

"大伯,谢谢您……"她匆匆忙忙地对着老壮鞠了一躬,撑着船,赶着鸭,没命地逃了。

"姑娘,你认识我家苇林?见到他捎个话儿,让他带几只良种鸭回来!"李老壮高声喊着。

一片芦苇挡住了姑娘和她的鸭群。

李老壮长舒了一口气,感到十分轻松愉快。他自言自语地说:

"这姑娘,真好相貌,人品也好,怪不得人说青草湖边出美人呢!"

1982 年

售棉大路

棉花加工厂大门口那盏闪烁着银白色光芒的水银灯还像一点磷火那样跳跃不定,棉花加工厂高大的露天仓库黑黢黢的轮廓还只像一些巨大的馒头坐落在山岭之上,棉花加工厂轧花车间的机器轰鸣声听来还像一群蜜蜂在遥远的地方嗡嗡嘤嘤地飞翔。总之,离棉花加工厂大门口还很远很远,杜秋妹就不得不把她的排子车停下。满带着棉花的各种车辆已经把大路挤得水泄不通。杜秋妹本来还想把车子尽量向前靠一靠,但刚一使劲,车把就戳在一个正在喂马的男人身上,惹得那人好不高兴地一阵嘟哝。杜秋妹暗中吐吐舌头,连声道歉着,无可奈何地将车子退到马车后边去。

　　正是农历的九月初头,正是九月初头一个标准的秋夜,正是一个标准秋夜的半夜时分,肃杀的秋气虽不说冷得厉害,但也尽够人受的。杜秋妹拉着八百斤棉花走了四十里路,跌跌撞撞赶了几个小时,沿途汗流浃背,此刻让冷气一吹,觉得浑身冰凉,不由自主地发着抖,上下牙咯咯地打着架,便赶紧从车上拽出一条麻袋披在肩上,然后坐在车上静静地等待天明。

已是后半夜了,夜色幽远深沉。但马路上并不宁静,不时有车马人声在路上响起,杜秋妹的车后边,又排起了一条长龙。这时,她的前前后后都闪烁着车老板挂在辕杆上的风雨灯发出的昏黄的光亮,骡马驴牛都在吃着草料,一片窸窸窣窣的声响,使这冰凉的秋夜显得更加漫长和不可捉摸。

天仿佛越来越冷,杜秋妹跳下车来,披着麻袋在地上跳动,跳一会儿,又爬上车去,苦熬苦挨。时间仿佛凝固了,黑夜仿佛永远走不到尽头,杜秋妹仿佛等了几年似的。但夜色依然是那么厚重沉郁,绝没有半点喜光出现。她忽发奇想,脱掉鞋袜,把脚放在花包上蹭了几下,然后使劲伸进一个棉花包里去,上身往后一仰,就势躺在车上,拉过麻袋蒙住了脑袋。她终于迷迷糊糊地睡着了。

黎明时分,她被冻醒了。这时,天忽然格外黑起来,暗蓝的天幕变得黝黑。天幕上寒星点点,空气冰冷潮湿。一会儿,黑暗渐渐褪去,天色也变淡了,天空也变高了。半边天空是海水般的深蓝,半边天空是鸭蛋壳般的淡青。不久,星星隐去了,东边地平线下仿佛燃起了一堆大火,把半个天空又染成橘红色,几条呈辐射状的长云则一直伸展到西半边天空,像几支横扫长天的巨笔。太阳虽然还没出来,但天已经亮了。赶马车的人们纷纷吹熄灯光,收拾起草料架子,准备赶车向前了。

直到这时候,杜秋妹才算是真正看清楚了这条长蛇般的车马大队,而且也搞清楚了自己的排子车在这条长蛇阵中的位置:棉花加工厂坐落在一个小山岭上,一条砂石路从对面岭上爬下来又爬上去,一直爬进厂里去。这两道岭,恰似两个大波浪,杜秋妹的位置正好在双峰夹峙的波谷。

太阳升起来了,通红的光线照耀着落在大地上的、车辆上的以及杜秋妹头上的那层薄薄的白霜,一切都反射出令人感到温暖的红色光辉,连杜秋妹周围的人和骡马驴牛嘴里喷出的热气也带着迷人的色彩。杜秋妹吃了一点干粮,活动了一下冰得麻木了的身躯,便开始和她的车右边一位拉着排子车的大嫂攀谈起来。从攀谈中知道这位大嫂名叫腊梅,是一位军人的妻子,家中尚有一个正在吃奶的女孩。她比杜秋妹晚到一会儿,也是连夜赶了几十里路。原先以为能排上个头几名,上午卖了棉花,下午就可赶回家去,哪曾想到是这等阵势。大嫂十分忧虑,眉头紧蹙,脸色苍白。杜秋妹一个年轻姑娘,家中无牵无挂,早点回去晚点回去无所谓,但她为这位看上去有三十多岁的腊梅嫂焦心。她虽然没有结婚,连对象都没有,但女人的天性使她完全能够理解腊梅嫂的心情,于是便想办法安慰腊梅嫂。她说,也许卖起来是很快的,咱们就像一河被闸住了的水,只要一开闸门,就会哗哗地淌过去,放宽心,也许下午就能赶回去的……她的话虽是信口说来,但腊梅嫂却相信了似的,连连点着头,脸上浮起了健康女人的那种红晕。

杜秋妹的排子车前是一辆装得小山般的马车,马车主人披着光板子羊皮袄,戴着黑狗皮帽子,看上去像个半老头,但当他摘掉皮帽子,杜秋妹才发现他是一个挺嫩的小伙子。他的脸平常得像一块方方正正的砖坯,浑身上下都好像带棱带角。他手腕上戴着一块亮晶晶的电子手表。此时,他甩掉了皮袄,满头冒着热气,在那儿将前后左右的马粪捡到挂在车下的皮桶里。马粪还飘着缕缕热气,散发着一股并不使庄稼人讨厌甚至有一种亲切感的气味。

杜秋妹是第一次来卖棉花,心里没底,便向年轻的车把式打听起来。车把式正忙着捡粪,不愿答理似的抬起头来,但一看到杜秋妹黑红的脸盘上那两只水灵灵的大眼睛,马上就春风满面了。杜秋妹问道:"捡粪的大哥,你是车把式,走南闯北见识多,估摸着俺们这块什么时候能卖上?"车把式抬腕看看表,不无炫耀地回答道:"现在是七点二十八分三十一秒,十二点兴许差不离儿。"杜秋妹听罢,心中十分高兴,忽然记起夜里的事,便笑着问:"大哥,昨夜里俺的车把戳的就是你吧?对不起呀……"车把式咧着嘴笑起来,露出一口浅黄的牙齿:"嘿嘿,没啥,俺就是那毛病,爱嘟哝,你也别往心里去。""哪能怪你呢?"杜秋妹说罢忍不住地咯咯大笑起来。笑声惊动了马车右边那台十二马力拖拉机的主人,一个紫糖色面皮,留着小胡子,穿着喇叭裤,颇有几分小玩闹派头的小伙子。他正在车顶上蒙头大睡,此时爬起来,揉了揉惺忪的睡眼,狠狠地瞪了杜秋妹一眼,仿佛责怪她的笑声打断了他的美梦。他跳下车来,一转身就往路沟里撒尿。杜秋妹对着拖拉机啐了一口,红着脸回到排子车旁。腊梅嫂轻轻地骂着:"臊狗!死不要脸。"车把式看不顺眼了,一步闯过去,扯住机手的脖领子使劲操了一把,喝道:"哎,伙计!狗撒尿还挪挪窝呢,你这么大个人,怎么好意思!"机手被车把式一操,剩下的半泡尿差不多全撒到裤子里,吃了一个不大不小的亏,心中好不窝火,意欲以老拳相拼,但一打量车把式那树桩子一样的身板,自知不是对手,便破口大骂:"娘的,老子又没把尿撒到你家窝里,用得着你来管!""这儿有妇女!""妇女怎么着?谁还不认识是怎么着?""流氓!老子踹出你的大粪汤子来!"车把式勃然大怒,扑上去,但很快被人们拉住了。一位五十多岁的老者拍拍拖拉机手的肩头,淡淡地说:"小伙子,别在这儿丢人了,你想想自己家里也有女人就行了。"机手面红耳赤,悻悻地转到车前,跳到驾驶台上,再也不出声了。

车把式疾恶如仇的举动赢得了杜秋妹极大的好感,她用信任的目光瞅着他,并给了他一个甜蜜的微笑。车把式走上前来,刚想张嘴说点什么,一句话未及出口,就听到前边一阵喧哗,回头一看,只见车马攘攘,这条像僵死了的长蛇一样的车马大队开始蠕动起来。车把式连忙跑回车旁,抄起了鞭子。杜秋妹也兴奋地驾起车来,拉袢套上肩头。拖拉机手摇起车来,柴油机怪叫着,喷出一团团呛人的黑烟。一时间,马路上好像开了锅,马嘶、牛叫,赶车人高声大嗓地吆喝;人们兴奋、激动、跃跃欲试,在欢喜中忙碌、等待。大家都一个心眼地凝视着前方,都一个心眼地想着,向前走,向前走,哪怕是一分钟一步地向前挪,也是对人们的巨大安慰。杜秋妹两眼圆溜溜地瞪着前方,车袢抻得绷绷紧,杀进了她的肩头,她结实丰满的胸脯轻轻地起伏着,随时准备向前走。她恨不得一下子就飞到棉花加工厂里去,卖掉棉花,然后,拿着大把的票子去百货公司,不!先去饭馆子里买上十个滋啦啦冒着热气的油煎包,一口气吃下去,然后去理发馆烫个发,照相馆照张相,最后才去百货公司,去逛一逛,购三买四,去显示一下农村大姑娘的出手不凡与阔绰大方……杜秋妹父母早殁,一个哥哥大学毕业后分配到海角天涯,因此,她是一个可以放心大胆地努力劳动赚钱,并放心大胆地放手花钱的角色。

然而,现实情况却使杜秋妹大大失望,她的排子车仅仅向前移动了五米的光景,便触到了马车的尾巴,再也走不动。车马大队又像一根断了扣的链条一样瘫在路上。这是前进中的第一次停顿,对人们的打击并不重。大家都相信,这是偶然的,是棉花厂刚开大门的缘故。就像一个人吃饭时吃呛了一样,咳嗽几声就会过去。于是大家就耐心地等待着棉花加工厂"咳嗽",清理好它的喉咙,然后,源源不断的车马以及车马满载着的棉花,就会像流水一样哗哗地淌进去,并从另一头把拿着票子的人淌出来。

半个小时后,车队终于又移动了一次,移动了大约有十几米远。以后,车队就以每小时大约四十米的速度前进着。这种拥拥挤挤、吃二喝三、动动停停的前进方式,折磨得杜秋妹神经麻痹,烦躁不安。她不停地抬头看着可以代替时钟的太阳,不停地回头看着她夜间停车的地方,那儿有一棵纤弱的小白杨树,至今依然清晰可辨。事实证明,她的排子车总共前进了不过一百五十米,而从她把车停在那儿算起,到现在已经过了十几个小时。

到了十二点光景,车马大队再一次像死蛇一样僵在路上。杜秋妹闲得无聊,便与腊梅嫂再度攀谈起来。这一次她彻底地了解了大嫂各方面的情况,知道了大嫂看上去三十多岁,实则只有二十六岁多一点;知道了大嫂的丈夫在麻栗坡当副连长,一九七九年自卫还击作战被越南人的子弹在头皮上犁开一条沟,至今还留着一道明晃晃的大疤瘌,致使他大热天也不好意思摘帽子;还知道了她的六十岁的患有气管炎的婆婆和八个月零三天的左腮上有个酒窝窝的小女儿,等等,等等。什么话都说完了,口里的唾沫全耗干了,可是一切如故,车马大队还是一动也不动。

骡马都焦躁地弹起蹄子来,远处几头拉车的黄牛不顾主人的叱咤卧倒在地上。车把式支撑起草料笸箩喂起牲口来。拖拉机手早已把机子熄了火,钻到车顶上用花包支起的洞洞里,打开了收音机,电台正在播放京剧《打渔杀家》,拖拉机手时而扯着破锣嗓子跟着瞎唱一气,时而又卷起舌头吹口哨,旁若无人,自得其乐。

太阳当头照耀,一点风也没有,天气闷热。杜秋妹回想起夜里冻得打牙巴鼓那会儿,恍有隔世之感,颇有几分留恋之意。十三点左右,形成了这一天当中的一个热的高潮,白花花的阳光照到雪白的花包上,泛着刺目的白光,砂石路面上,泛起金灿灿的黄光;空气中充满了汗臭味、尿臊味和令人恶心的柴油味;骡马耷拉着脑袋,人垂着头,忍气吞声地受着"秋老虎"的折磨。后来,刮起了时断时续的东北风,立刻凉爽了不少,人、牲畜都有了些精神。杜秋妹肚子咕咕叫起来,她摸出一块饼,吞咬了一口,但舌头干燥得像张纸,一卷动仿佛刷拉刷拉响,食物难以下咽。她把饼让给腊梅嫂吃,腊梅嫂苦笑着摇了摇头。

车把式走上前来,跟杜秋妹商量了一下,决定由杜秋妹替他照看着牲口,由他到周围的沟里去打点水来,一是润润人的喉咙,二是饮饮牲口。杜秋妹面有难色地说:"万一前边走开了怎么办?俺一个人顾不了两辆车啊。"车把式思索了一会,终于想出了一个两全其美之策。他把杜秋妹的排子车拴在马车尾巴上,这样,马车就拖着排子车前进。车把式还说,即使他找水回来,也可以不把排子车解下来,这样就能省她一些气力。杜秋妹还想让腊梅嫂把排子车再拴到自己的车尾巴上,但车与车首尾相连,很难插进来,腊梅嫂也连声拒绝,于是只得作罢。

腊梅嫂的嘴唇上已鼓起了燎泡,溢出的奶水在胸前结成了两个茶碗口大的嘎巴,她几次用袖子偷偷擦眼,揩干几乎夺眶而出的泪水。杜秋妹偷眼看着腊梅嫂,心里酸溜溜的不是个滋味,但又爱莫能助。拖拉机手适才好像被晒蔫了气,凉风一起又还了阳,他又拧开了收音机。电台开始播放广告,广播员千篇一律的声音夹杂在乱七八糟的声响里,在斑驳陆离的空间里打着滚,加重着人们的烦躁。人们再也坐不住了,失去了静候车旁等待前进的耐心和信心。一部分人提桶四处找水,一部分人互相打听着车马大队停滞不前的原因。这样一开头,消息便一个接一个地从前边传来。一会儿说,车马停滞不前的原因,是加工厂里塞满了棉花,连人走的路都没有了,工人进车间要扒开棉花钻进去,出车间当然只有扒开棉花才能钻出来。棉农们拉着加工厂厂长不放,要求他想法加快收购速度,厂长急火攻心,一头栽到地上,人事不省,送到医院抢救去了……一会儿又有消息说,厂长根本没去医院,用凉水拍了拍头顶就出来了,领着人在赶铺新垛底,增设新磅秤,连瘸腿县长都惊动了,正一瘸一颠地在加工厂内调查情况……后来又有消息说，根本没有厂长昏倒那回事，加工厂里也没有满到那种程度，车队停滞的原因，是一辆手扶拖拉机被一辆二十五马力"泰山"拖拉机撞进了道沟，机手砸断了三根肋条，公安局派来警察保护现场，一会儿拍完了现场照片，大路就会畅通……消息连续不断地传来，大概前后肯定，否定，否定之否定，否定否定之否定了十几个回合的光景，老天保佑，车马大队终于又前进了。

杜秋妹一边手忙脚乱地招呼着牲口，一边焦灼地张望着车把式走的方向，盼望他能早点回来。车队虽然还像蚯蚓一样缓缓蠕动，拖拉机手却不停地猛踩油门，使没有充分燃烧的柴油变成一股股黑烟，喷到杜秋妹身边，把她包围在肮脏的烟雾里。这种挑衅性的使奸耍坏，带着明显的报复色彩，拖拉机手大概已把杜秋妹和车把式列为"一丘之貉"。

杜秋妹是绝不吃哑巴亏的，她挥动着鞭子愤愤地说："哎！你积点德好不好？"

机手不屑地耸耸鼻子，反唇相讥："怎么啦，太太，我把你的孩子扔到井里去了？你赶你的车，我开我的车，咱们是大路朝天，各走半边，井水不犯河水。"

"你加什么油门?！"

"废话！不加油门车能动？"

"有你这样加油门的吗？像抽羊角风一样！别以为你大姑没见过拖拉机，你大姑家里有两辆大汽车没愿开来哩！"

周围的人们友好地笑起来。机手很尴尬,自寻台阶下驴,说:"看你是个老婆,老子不跟你一般见识。"

"放屁!"杜秋妹大骂一声,抬手就是一鞭子,机手一闪身,躲了过去。这一鞭子没打着,杜秋妹紧接着骂道:"你娘才是个老婆!"

机手猛跳下车,冲到杜秋妹面前,但一见杜秋妹横眉竖目准备拼命的样子,便狠狠地吐了一口唾沫,缩了回去。

这时,车把式提着一桶水回来了。杜秋妹抢上前去,把嘴贴到水面,咕咚咕咚灌了一个饱。腊梅嫂也喝了一点水,然后,大家随便吃了一点干粮。拖拉机手坐在驾驶座上连头也不回,一支接一支地抽烟。车把式招呼他:"哎,伙计,喝水不?不喝可要饮马了。"机手聋了似的一声不吭。杜秋妹低声说:"理他呢!"渴极了的马把脖颈伸过来,咴咴乱叫。"不喝真要饮马了……"车把式话没说完,马的嘴巴已经扎进了水桶里。

一会儿工夫,东北风忽然大了起来。东北方向的地平线上,也滚起了一些毛茸茸的灰云。阳光已不强烈,路面上刺目的光线变得柔和了,而这时,车队竟也破天荒地连续前进了大约二百米。行进中,杜秋妹忽然闻到一股烧着棉布或是棉花的气味儿。她一边翕动着鼻翼,一边检查了腊梅嫂的排子车。腊梅嫂说:"八成是拖拉机上烧着什么了,刚才他还抽过烟。"杜秋妹腾腾跑上前去,高叫着:"停车!"拖拉机手瞪了她一眼,并不理睬。这时,杜秋妹已经看到了车上那只冒着白烟的花包,急忙大叫道:"你车上着火了!"机手一回头,脸煞地白了,急忙刹住车,跳上车斗,把着了火的棉花包扔下地来。花包一落地,呼啦一下子腾起了半尺高的火苗。杜秋妹一猫腰,拖着棉花包就滚下了道沟。人们一齐拥下沟去,捧土将火压灭……

这包棉花烧掉了大约三分之一,剩下的三分之二,经过众人反复检查,确信没有余烬时,才又帮助机手抬到车上。早晨替他和车把式劝架的老者走上前去,说:"小伙子,你怎么尽干些没屁眼的事儿呢?干这活儿怎么敢动烟火呢?老爷子烟瘾不比你大?烟袋都扔在家里不敢拿哩……"

众人也纷纷议论起来:"伙计,你今天好大灾福!再晚一会,这车棉花就算报销喽!"

"连我们也要跟着沾光!东北风这么大,还不闹个火烧连营!"

"嗨,多亏了姑娘鼻子好使,顶风还能闻得到……"

人们一齐又把赞赏的目光投到杜秋妹身上,看得她不好意思起来。她的手上烫起了几个大水泡,裤子也烧了一个鸡蛋般大的窟窿。

机手红着脸,嗫嚅着:"……大姐,您宰相肚里跑轮船,刚才……"可杜秋妹扭过身去再也不去理他。

车把式关切地走过来,请她坐到马车上去,杜秋妹摇摇头拒绝了。这时,前边的车辆又纷纷行动,车把式急忙跑回去照料车马。腊梅嫂执意不肯再让杜秋妹帮她拉车,但拗不过,只好又递给她一根拉袢。两个人弯着腰,跟在拖拉机后一节一节地前进。

东北风愈刮愈大,风里夹杂着潮气和泥土腥味,马路两旁收获后的庄稼地袒露着胸膛,苍茫辽远,风刮着焦干的豆叶在道沟里滚动,刷拉刷拉响个不停。杜秋妹的排子车前进约有一华里,爬完了这个大慢坡的六分之一,离棉花加工厂大门又近了一些。这时喧闹的车马大队又一下彻底停住了。

腊梅嫂急得嘤嘤地哭起来。她那胀得像石头一样硬的乳房,使她想象到家中饿得号啕大哭的爱女与倚门而望的老娘。这狼狈不堪的处境,又使她怨恨起在麻栗坡当副连长的男人;因为他的缘故,才使她一个妇道人家像牲畜一样拉着车连昼带夜地来卖棉花。杜秋妹也陪着腊梅嫂流了几滴同情的眼泪,更引逗得腊梅嫂悲声哽咽。杜秋妹怕她哭坏了身子,便劝慰说:"大嫂,你不必哭了,世上没有过不去的河,没有爬不上去的坡,孩子八个月零三天,不!零四天,已经不小了,你说过家中还有奶粉、麦乳精,还有她爸爸的装着乳胶奶头的奶瓶,家中还有奶奶,会照顾好她的……要不你就回家一趟?来回一百里路,非把你累倒在路上不可……"车把式送过来半包饼干,又不知从哪儿搞来一个红皮大萝卜,用刀子割成两半,逼着杜秋妹和大嫂吃下去。拖拉机手也凑过来说了几句劝慰的话,并且表示愿意把大嫂的排子车拴到他的车尾巴上拖着走;如果大嫂愿意的话,卖完棉花后他可以先开车把大嫂送回家,如果杜秋妹也愿意,他更乐意效劳……

人们愤愤的牢骚声四面响起,拖拉机手甚至破口大骂。他骂棉花加工厂里都是些混蛋,回去后一定要写封信到报社里去告他们一状……机手骂够了,突然想起了他的收音机,于是取出来拧开。电台正在进行天气预报:今天夜间到明天,多云转阴……局部地区有雷阵雨……

杜秋妹敏感地跳起来,嚷道:"听到了没有?有雷阵雨!局部地区有雷阵雨!"听到这消息,霎时间,人们心里像十五只吊桶打水,七上八下,全没了主意。杜秋妹说,"雷阵雨,人倒不怕,权当洗个凉水澡,可是棉花、棉花可就完了。加工厂是不会要湿棉花的,我们还得拉回家去,再晾、再晒;再晾再晒也白搭,棉花让雨一淋就会发黄、发红、降级、压价、少卖钱,我们还得再来排队、熬夜……"

这将要来临的秋季少见的雷雨,对车马大队的威胁显然是大大超过了棉花加工厂的夜间关门。车把式毫不犹豫地点亮了他的剩油不多的风雨灯。人越聚越多,暗淡的灯光照着一张张惶惶不安的面孔。大家都抬头看天,天果然有些不妙,风利飕有劲,潮气很重,东北方向的天空像有千军万马在集结待命,乌压压,黑沉沉,仿佛只要一声令下,就会冲过来,就会遮天盖地。没有被阴云吞噬的晴空中,还有几个星星在发抖;西边林梢上那一钩细眉般的新月,也好像在打着哆嗦。一会儿,神使鬼差似的,就在东北方向遥远的地方,一道贼亮的闪电划开了夜幕,很久,才响起了一阵沉闷的雷声。

雷声一响,人们纷纷跑回到自己的车旁,至于跑回去干什么,恐怕没有人能够解释清楚。杜秋妹、车把式、拖拉机手、腊梅嫂这几个不打不相识的朋友聚在一起,冷静地分析了情况,大家一致认为:走是不现实的,因为路上的车一辆接一辆,要想掉转车头抢在雷雨之前赶回家,简直比登天还难。于是,剩下的只有一条路,留在这里,听天由命,把希望寄托在侥幸上。不是说局部有雷阵雨吗?也许我们是在那个局部之外。但还必须采取一些防护措施……

拖拉机手有一块篷布,车把式车上有一块塑料薄膜。车把式提议把四辆车上的棉花统统卸下来垛在一边,上边用篷布和塑料薄膜蒙住,这样,在一般情况下可保无虞。杜秋妹和腊梅嫂不愿给他们添麻烦,尤其是不愿给拖拉机手添麻烦,因为他的篷布很大,完全可以把拖斗罩过来。拖拉机手稍微犹豫了一下,接着便表现得慷慨大度,说了一些有苦同受有福同享之类的话,杜秋妹和腊梅嫂一时都很感动,于是大家便按计划行动起来。

棉花盖好了。人无处躲藏,就一齐坐在马车上,静候着雷雨的到来。车把式的风雨灯熬干了油,不死不活地跳动了几下,熄灭了。风也突然停了。一只雨信鸟尖叫着从空中掠过,翅膀扇动的声音都听得清清楚楚。原先一直低唱浅吟的秋虫也歇了歌喉。一切都仿佛在耐心地等待;一切都仿佛进入了超生脱死的涅槃境界。就这样不知待了多长时间,突然,一种窸窸窣窣、呼呼噜噜、轰轰隆隆的声音从东北方向滚滚而来,一时天地之间仿佛有无数只春蚕在嚼咬桑叶,无数只家猫在打着鼾,无数匹野马掠过原野。紧接着,一直在东北方横劈竖砍的闪电亮到了头顶,震耳的雷声也在人们耳边响起。顷刻之间,风声大作,风里夹杂着稀疏但极有力的雨点横扫下来,像鞭子一样抽打着人的颜面。杜秋妹和腊梅嫂紧紧地偎在一起,像打摆子一样浑身战栗着。车把式把他的光板子皮袄蒙到了两个女人头上。风雨雷电像四个互相厮咬着、纠缠着的怪物,打着滚、翻着斤斗向西南方向去了。剩下的只有遒劲冰凉的小东北风,吹拂着惊魂未定的人们。渐渐地,首先是从西北方向露出了一丝深蓝的夜空和几颗耀眼的星辰,很快便晴空如洗满天星斗了。

真是幸运极了,这场外强中干、虚张声势的雷阵雨并没落下多少,连光板子皮袄都没打湿。棉花罩在篷布下,料想是无妨的,杜秋妹心中轻松了一些。大家都不说话,各自想着自己的心事。车把式大睁着眼睛,竭力想看清杜秋妹那两只动人的眼睛,努力想象着杜秋妹鲜红娇艳的双唇。拖拉机手又百无聊赖地捣鼓开了他的收音机。腊梅嫂则始终紧紧搂住杜秋妹,将她那充满奶腥味的胸膛挤在杜秋妹肩头上。就这样,他们一直静坐到半夜时分。秋风无情地扫荡着大地,寒冷阵阵袭来,打透了人们的单薄衣衫。杜秋妹和腊梅嫂躲在腥膻扑鼻的皮袄下边还是一个劲发抖。偏偏就是在这时候,那件事又按着自己固有的周期,来到了杜秋妹身上。杜秋妹根本没曾想到卖车棉花要在外边耽搁这么长的时间,所以全无准备。众多的不方便、不利索所带来的羞涩、烦恼、痛苦,折磨得这个刚强的大姑娘禁不住地啜泣起来。腊梅嫂以敏感的嗅觉和女人之间共通的心理马上明白了是怎么一回事,但她一时也没有办法,手边连一块纸头也没有,四周全是寒冷和没法说话的男人,她不免联想到做一个女人的诸多不便,忍不住又抹泪了。

车把式听到两个女人的哭泣,以为她们是给冻的,便又把狗皮帽子摘下来扣到杜秋妹头上,机手也把雨衣披到两个女人身上去,两个女人说她们不冷,把帽子和雨衣还给车把式和机手,依然抽泣不止。

车把式在黑暗中抓住杜秋妹的手,问她是不是病了,如果病了,他可以背着她从田野里斜插到另一条公路上去,到就近的医院里去求医。杜秋妹连连摇头,车把式又问为什么?腊梅嫂终于说道:"妇女的事,你打听什么?"车把式像扔掉一块热铁一样放开了杜秋妹的手,这时他才意识到竟然荒唐大胆抓住了一个大姑娘的手。他知趣地搓着双手,慌忙跳下车转到棉花包后边去。还是腊梅嫂急中生智,从自己的棉花包里抽出一大把棉花给了杜秋妹……

45

凌晨四点多钟,杜秋妹被腊梅嫂推醒。她睁开蒙眬的眼睛,看到车把式和机手已经把拖拉机和两辆排子车全部重新装好,机手正在用绳子将腊梅嫂的排子车拴到拖拉机的尾巴上。两人急忙跳下马车,冻麻了的腿脚使她们行动起来连瘸带拐,十分滑稽可笑。她们满腹的感激话一句也说不出,只将一行行热泪挂到冰冷的腮上。她们帮忙装上马车,车把式也把杜秋妹的排子车重新拴好在马车上。东方已是鱼肚白色,从小岭背后的村庄里传来了一两声小公鸡稚嫩然而却是一本正经的鸣叫。黎明的清冷又一次来袭击她们,杜秋妹因有事在身,更兼连日劳累不得温饱,颇感狼狈。

经过这一夜风雨中的同舟共济,他们四个现在成了可以相互信赖的好朋友了。从昨天车马的进度看,他们对今天也不抱太大的希望。这样,四个人都聚到一起商量,应该到附近买点食品回来,准备在这儿再熬一天。车把式提议要买两把暖壶,到附近村庄去灌两壶开水。杜秋妹提议给两个男子汉买一瓶烧酒,让他们喝一点,驱驱寒气,解解困乏。这个提议立刻得到腊梅嫂的赞同。两个女的没有带钱,机手口袋里只有几个钢镚。车把式摸摸口袋,看看腕上的表,忽然说他有钱,一切他包了。但杜秋妹明确表示,卖了棉花她愿把账目全部承担;其余三人当然不干,于是决定暂时不管这件事,到时再说,决定派两个男的去采购,女的留守原地看管车辆。

早晨七点多钟,站在车上一直朝西南方向瞭望着的杜秋妹兴奋地叫了起来,腊梅嫂也看到了跌跌撞撞地朝这跑着的车把式和机手。她们像迎天神一样把他们俩接回来,机手把买回的暖壶等物件撂到车上,车把式满脸是汗,呼呼地喘着粗气,匆匆拉开皮兜子的拉链,一兜子肉包子冒着热气,散发出扑鼻的香味。杜秋妹顿时觉得饿得要命,恨不得把兜里的包子全吞进肚子里去。周围的人们也围拢上来,打听着包子来处和价钱。车把式一边回答,一边客气地让着周围的人吃一个尝尝,人们也都客气地拒绝。一会儿,就有几个小伙子一溜烟地向县城方向奔去。

四个人好一阵狼吞虎咽。按他们肠胃的感觉还刚刚半饱的时候,腊梅嫂就劝大家适可而止,一是怕撑坏了肚子,二是必须有长期坚持的准备,因为根据昨天的经验来看,今天能否卖掉棉花还很难预料,因此要细水长流,留下些包子当午饭。

吃过饭,车把式把腊梅嫂拉到一旁,红着脸递给她一个纸包,让她转交给杜秋妹。腊梅嫂打开一看,马上明白了。她拉着杜秋妹就向远处的小树林走去。腊梅嫂边走边夸着说,"这小伙子不错,心眼好,连这事都想得这么周到。"

半小时后,她们每人抱着一些青草回来。杜秋妹把青草丢给饿得咴咴叫的骡马,面孔通红,双眼直直地盯着车把式憨厚的脸,低声说:"好心的大哥,俺一辈子忘不了你……"

拖拉机手瞥见了这一幕,脸上出现极为复杂的表情。

又是太阳升到一竿子高的时候了,车马大队开始前进。忽然从前面传过来消息说,县委书记亲临加工厂解决问题,昨天夜里清理通道,赶铺新垛底,增设了新磅秤。开始人们还将信将疑,但过一会儿工夫,果然队伍前进的速度惊人。不到两个小时,杜秋妹坐在高高的马车上已经清清楚楚地看见了棉花加工厂挂在门口的大牌子以及门口挤成一个蛋的人马车辆。阳光照耀着杜秋妹欣喜的笑脸,车把式不时回头向车上看看,问一问杜秋妹的饥饱冷热。杜秋妹用会说话的眼睛使他得到了满足和幸福。腊梅嫂坐在拖拉机上,居高临下地看着这两个年轻人,脸上不时出现会意的笑容。

中午时分,她们和他们的车拥进工厂的大门,经过扦样、测水、检验、定等级等手续,再到垛前过磅,过完了磅又把棉花包滚到高高的垛上去,最后到结算室算账领款。领到了钱,杜秋妹要付给车把式买东西的钱,车把式哪里肯依,说只当是自己请客,其他两位也只好这样作罢。

临分手时,杜秋妹突然想起:一整天没见车把式捋着袖子看电子表了。她对这位尚不知姓名的青年,大有相见恨晚之感。她用深情的眼睛向车把式发射着无线电波,同时,她的大脑里最敏感的部位也不断接收到了从车把式心里发出的一连串的脉冲信号……

1983 年 1 月

大风

学校里放了暑假,我匆匆忙忙地收拾收拾,便乘上火车,赶回故乡去。路上,我的心情十分沉重。前些天家里来信说,我八十六岁的爷爷去世了。寒假我在家时,老人家还很硬朗,耳不聋眼不花,想不到仅仅半年多工夫,他竟溘然逝去了。

　　爷爷是个干瘦的小老头儿,肤色黝黑,眼白是灰色,人极慈祥,对我很疼爱。我很小时,父亲就病故了,本来已经"交权"的爷爷,重新挑起了家庭的重担,率领着母亲和我,度过了艰难的岁月。爷爷是村里数一数二的庄稼人,推车打担、使锄耍镰都是好手。经他的手干出的活儿和旁人明显的两样。初夏五月天,麦子黄熟了,全队的男劳力都提着镰刀下了地。爷爷割出的麦茬又矮又齐,捆出来的麦个中,中间卡,两头歹,麦穗儿齐齐的,连一个倒穗也没有。生产队的马车把几十个人割出的麦个拉到场里,娘儿们铡场时,能从小山一样的麦个垛里把爷爷的活儿挑出来。

"瞧啊,这又是'蹦蹦'爷的活儿!"

娘儿们怀里抱的麦个子一定是紧腰齐头夯根子,像宣传画上经常画着的那个扎着头巾的小媳妇怀里抱的麦个子一样好看,她们才这样喊。

"除了'蹦蹦'爷谁也干不出这手活儿。"娘儿们把麦子往铡刀下一送,按铡的娘儿们一手叉腰,单手握着铡刀柄,手腕一抖,屁股一翘,大奶子像小白兔一样跳了两下,"嚓",麦个子拦腰切断,根是根,穗是穗。要是碰上埋汰主儿捆的麦个子,娘儿们就搜罗着最生动形象的话儿骂,按铡的娘儿们双手按铡刀,奶子颠得像要插翅飞走,才能把麦个子铡断。而麦根部分里往往还夹带麦穗。

干什么都要干好,干什么都要专心,不能干着东想着西,这是爷爷的准则。爷爷使用的工具是全村最顺手的工具。他的锄镰锨锹都是擦得亮亮的,半点锈迹也没有。他不抽烟,干活干累了,就蹲下来,或是找块碎瓦片,或是拢把干草,擦磨那闪亮的工具……

我带着很悒郁的心情跨进家门,母亲在家。母亲也是六十多岁的人了,多年的操心劳神使她的面貌比实际年龄要大得多。母亲说,爷爷没得什么病,去世前一天还推着小车到东北洼转了一圈,割回了一棵草。母亲从一本我扔在家里的杂志里把那株草翻出来,小心地捏着,给我看,"他两手捧回这棵草来,对我说,'星儿他娘,你看看,这是棵什么草?'说着,人兴头得了不得。夜里,听到他屋里响了一声,起来过去一看,人已经不行了……老人临死没遭一点罪,这也是前世修的。"母亲款款地说着,"只是没能侍候他,心里愧得慌。他出了一辈子的力,不容易啊……"

我眼窝酸酸地听着母亲的话,想起了很多往事——

我家房后有一条弯弯曲曲的胶河,沿着高高、窄窄的河堤向东北方向走七里左右路,就到了一片方圆数千亩的荒草甸子。每年夏天,爷爷都去那儿割草。离我们村二十里有部队一个马场,每年冬季都收购干青草喂马,价钱视草的质量而定。我爷爷的镰刀磨得快,割草技术高,割下来的草干净,不拖泥带水。晒草时又摊得薄,翻得勤,干草都是很新鲜的淡绿色,像植物标本一样鲜活,爷爷的干草向来卖最高的价钱。我至今还留恋在干草堆里打滚的快乐——尤其是秋天,夜晚凉凉爽爽,天上的颜色是墨绿,星星像宝石一样闪闪烁烁,松软的干草堆暖暖和和,干青草散发出沁人心脾的甜香味……

最早跟爷爷去荒草甸子割草,是刚过了七岁生日不久的一天。我们动身很早,河堤上没有行人。堤顶也就是一条灰白的小路,路的两边长满了野草,行人的脚压迫得它们很瑟缩,但依然是生气勃勃的。河上有雾,雾很重,但不均匀,一块白，一块灰，有时像炊烟，有时又像落下来的云朵。看不见河水，河水在雾下无声无息地流淌，间或有泼剌的响声，也许是因为鱼儿在水里动作吧。爷爷和我都不说话。爷爷的步子轻悄悄的，走得不紧不慢，听不到脚步声。小车轮子沙沙地响。有时候，车上没收拾干净的一根草梗会落在辐条之间，草梗轻轻地拨弄着车辐条，发出很细微的"劈劈劈劈，叮叮叮叮"的响声。我有时把脸朝着前方（爷爷用小车推着我），看着河堤两边的景致。高粱田、玉米田、谷子田。雾淡了些，仍然高高低低地缠绕着田野和田野里的庄稼。丝线流苏般的玉米缨儿，刀剑般的玉米叶儿，刚秀出的高粱穗儿，很结实的谷子尾巴，都在雾中时隐时现。很远，很近。清楚又模糊。河堤上的绿草叶儿上挂着亮晶晶的露水珠儿，在微微颤抖着，对我打着招呼。车子过去，露珠便落下来，河堤上留下很明显的痕迹，草的颜色也加深了。

  雾越来越淡薄。河水露出了脸儿，是银白色的，仿佛不流动。灰蓝的天空也慢慢地明亮起来，东方渐渐发红，云彩边儿是粉红色的。太阳从挂满露珠的田野边缘上升起来，一点一点的。先是血一样红，没有光线，不耀眼。云彩也红得像鸡冠子。

  天变得像水一样，无色，透明。后来太阳一下子弹出来，还是没有光线，也不耀眼，很大的椭圆形。这时候能看到它很快地往上爬，爬着爬着，像拉了一下开关似的，万道红光突然射出来,照亮了天,照亮了地,天地间顿时十分辉煌,草叶子的露珠像珍珠一样闪烁着。河面上躺着一根金色的光柱,一个拉长了的太阳。我们走到哪儿,光柱就退到哪儿。田野里还是很寂静,爷爷漫不经心地哼起歌子来:

　　一匹马踏破了铁甲连环
　　一杆枪杀败了天下好汉

曲调很古老。节拍很缓慢。歌声悲壮苍凉。坦荡荡的旷野上缓慢地爬行着爷爷的歌声,空气因歌声而起伏,没散尽的雾也在动。

　　一碗酒消解了三代的冤情
　　一文钱难住了盖世的英雄

从爷爷唱出第一个音节时,我就把头拧回来,面对着爷爷,双眼紧盯着他。他的头秃了,秃顶的地方又光滑又亮,连一丝细皱纹也没有。瘦得没有腮的脸是木木的,没有表情。眼睛是茫然的,但茫然的眼睛中间还有两个很亮的光点,我紧盯着这两个光点,似乎感到温暖。我想,他大概把我、把他自己、把车子、把这还没苏醒的田野全忘却了吧?他的走路、推车、歌唱都与他无关吧?我听到了自己的心跳声"咚咚咚咚",像很远很远的树上有一个啄木鸟在凿树洞……

  一声笑颠倒了满朝文武
  一句话失去了半壁江山

  爷爷唱的是什么,我不知道。但我从爷爷的歌唱中感受到一种很新奇很惶惑的情绪,"小鸡儿"慢慢地翘起来,很幸福又很痛苦。我感到陡然间长大了不少,童年时代就像消逝在这条灰白的镶着野草的河堤上。爷爷用他的手臂推着我的肉体,用他的歌声推着我的灵魂,一直向前走。

  "爷爷,你唱的什么?"我捕捉着爷爷唱出的最后一个尾音,一直等到它变成一种感觉消逝在茵茵绿草叶梢上时,我才迷惘地问。

  "瞎唱呗,谁知道它是什么……"爷爷说。

  夜宿的鸟儿从草丛中飞起来,在半空中嘹亮地叫着。田野顷刻变得生气勃勃。十几只百灵在草甸子上空盘旋着鸣啭。秃尾巴鹌鹑在草丛中"哗——哗——"地鸣叫着。爷爷停下车子,说:"孩子,下来吧。"

  "到了吗,爷爷?"

  "噢。"

  爷爷把车子推到草地上,竖起来,脱下褂子蒙在车轱辘上,带着我向草甸子深处走去。爷爷带着我去找老茅草,老茅草含水少,干得快,牲口也爱吃。

爷爷提着一把大镰刀,我提着一柄小镰刀,在一片茅草前蹲下来。"看我怎么割。"爷爷做着示范给我看。他并不认真教我,比划了几下子就低头割他的草去了。他割草的姿势很美,动作富有节奏。我试着割了几下,很累,厌烦了,扔下镰刀,追鸟捉蚂蚱去了。草甸子里蚂蚱很多,我割草没成绩,捉蚂蚱很有成绩。中午,爷爷点起一把火,把干粮烤了烤,又烧熟了我捉的蚂蚱,蚂蚱满肚子籽儿,好香。

迷蒙中感到爷爷在推我,睁眼爬起来一看,已是半下午了。吃过蚂蚱后,爷爷支起一个凉棚让我钻进去,我睡了一大觉,草甸子里夹杂着野花香气的热风吹得我满身是汗。爷爷已经把草捆成四大捆,全背到了河堤上,小车也推上了河堤。

"星儿,快起来,天不好,得快点儿走。"爷爷对我说。

不知何时——在我睡梦中茶色的天上布满了大块的黑云,太阳已挂到西半边,光线是橘红色,很短,好像射不到草甸子就没劲了。

"要下雨吗?爷爷。"

"灰云主雨,黑云主风。"

我帮着爷爷把草装上车,小车像座小山包一样。爷爷在车前横木上拴上一根细绳子,说,"小驹,该抻抻你的懒筋了,拉车。"

爷爷弯腰上袢,把车子扶起来,我抻紧了拉绳,小车晃晃悠悠地前进了。河堤很高,坡也陡,我有点头晕。

"爷爷,您可要推好,别轱辘到河里去。"

"使劲儿拉吧,爷爷推了一辈子车,还没翻过一回呢。"

我相信爷爷说的是实话。爷爷的腿好,村里人都叫他"蹦蹦"。

大堤弯弯曲曲,像条大蛇躺在地上。我们踩着蛇背走。这时是绿色的光线照耀着我,我低头看着自己的膝盖,也可以看到自己的肚脐。我偶尔回过头,从草捆缝隙里望望爷爷。爷爷眼泪汪汪地盯着我,我赶紧回过头,下死劲拉车。

走出里把路,黑云把太阳完全遮住了。天地之间没有了界限,一切都不发声,各种鸟儿贴着草梢飞,但不敢叫唤。我突然感到一种莫名的恐惧,回头看爷爷,爷爷的脸,还是木木的,一点表情也没有。

河堤下的庄稼叶子忽然动起来了,但没有声音。河里也有平滑的波浪涌起,同样没有响声。很高很远的地方似乎传来了世上没有的声音,跟着这声音而来的是天地之间变成紫色,还有扑鼻的干草气息,野蒿子的苦味和野菊花幽幽的药香。

我回头看爷爷,爷爷还是木木的,一点表情也没有。

我的小心儿缩得很紧,不敢说话,静静地等待着。一只长长的蚂蚱蹦到我的肚皮上,两只五色的复眼仇视地瞪着我。一只拳头大的野兔在堤下的谷子地里出没着。

"爷爷!"我惊叫一声。

在我们的前方,出现了一个黑色的、顶天立地的圆柱,圆柱飞速旋转着,向我们逼过来。紧接着传来沉闷如雷鸣的呼噜声。

"爷爷,那是什么?"

"风。"爷爷淡淡地说,"使劲拉车吧,孩子。"说着,他弯下了腰。

我身体前倾,双脚蹬地,把细绳拽得紧紧的。

我们钻进了风里。我听不到什么声音,只感到有两个大巴掌在使劲扇着耳门子,鼓膜嗡嗡地响。风托着我的肚子,像要把我扔出去。堤下的庄稼像接到命令的士兵,一齐倒伏下去。河里的水飞起来,红翅膀的鲤鱼像一道道闪电在空中飞。

"爷爷——!"我拼命地喊着。喊出的声音连我自己都没听到。肩头的绳子还是紧紧地绷着,这使我意识到爷爷的存在。爷爷在我就不怕,我把身体尽量伏下去,一只胳膊低下去,连接着胳膊的手死死抓住路边草墩。我觉得自己没有体重,只要一松手,就会化成风消失掉。

爷爷让我拉车,本来是象征性的事儿。那根拉车绳很细,它一下子崩断了。我扑倒在堤上。风把我推得翻筋斗。翻到河堤半腰上,我终于又伸出双手抓住了救命的草墩,把自己固定住了。我抬起头来看爷爷和车子。车子还挺在河堤上,车子后边是爷爷。爷爷双手攥着车把,脊背绷得像一张弓。他的双腿像钉子一样钉在堤上,腿上的肌肉像树根一样条条棱棱地凸起来。风把车子半干不湿的茅草揪出来,扬起来,小车在哆嗦。

我揪着野草向着爷爷跟前爬。我看到爷爷的双腿开始颤抖了,汗水从他背上流下来。

"爷爷,把车子扔掉吧!"我趴在地上喊。

爷爷倒退了一步,小车猛然往后一冲,他脚忙乱起来,连连倒退着。

"爷爷!"我惊叫着,急忙向前爬。小车倒推着爷爷从我面前滑过去。我灵机一动,耸身扑到小车上。借着这股劲,爷爷又把腰煞下去,双腿又像生了根似的定住了。我趴在车梁上,激动地望着爷爷。爷爷的脸还是木木的,一点表情也没有。

刮过去的是大风。风过后,天地间静了一小会儿。夕阳不动声色地露出来,河里通红通红,像流动着冷冷的铁水。庄稼慢慢地直腰。爷爷像一尊青铜塑像一样保持着用力的姿势。

我从车上跳下来,高呼着:"爷爷,风过去了!"

爷爷眼里突然盈出了泪水。他慢慢地放下车子,费劲地直起腰。我看到他的手指都蜷曲着不能伸直了。

"爷爷,你累了吧?"

"不累,孩子。"

"这风真大。"

"唔。"

风把我们车上的草全卷走了,不,还有一棵草夹在车梁的榫缝里。我把那棵草举着给爷爷看,一根普通的老茅草,也不知是红色还是绿色。

"爷爷,就剩下一棵草了。"我有点懊丧地说。

"天黑了,走吧。"爷爷说着,弯腰推起了小车。

我举着那棵草,跟着爷爷走了一会儿,就把它随手扔在堤下淡黄色的暮色中了。

"人老了,就像孩子一样,"母亲说,"大老远跑到东北洼,弄回来这么一棵草,还说,'等星儿回来让他认认,这是棵什么草,他学问大。'你认得出吗?"母亲说着把草递给我。

我把这棵草接过来,珍重地夹在相册里。夹草的那一页,正好镶着我的比我大六岁的未婚妻的照片。

1984 年 9 月

白狗秋千架

高密东北乡原产白色温驯的大狗，绵延数代之后，很难再见一匹纯种。现在，那儿家家养的多是一些杂狗，偶有一只白色的，也总是在身体的某一部位生出杂毛，显出混血的痕迹来。但只要这杂毛的面积在整个狗体的面积中占的比例不大，又不是在特别显眼的部位，大家也就习惯地以"白狗"称之，并不去循名求实，过分地挑毛病。有一匹全身皆白、只黑了两只前爪的白狗，垂头丧气地从故乡小河上那座颓败的石桥上走过来时，我正在桥头下的石阶上捧着清清的河水洗脸。农历七月末，低洼的高密东北乡燠热难挨，我从县城通往乡镇的公共汽车里钻出来，汗水已浸透衣服，脖子和脸上落满了黄黄的尘土。洗完脖子和脸，又很想脱得一丝不挂跳进河里去，但看到与石桥连接的褐色田间路上，远远地有人在走动，也就罢了这念头，站起来，用未婚妻赠送的系列手绢中的一条揩着脸和颈。时间已过午,太阳略偏西,一阵阵东南风吹过来。凉爽温和的东南风让人极舒服,让高粱梢头轻轻摇摆,飒飒作响,让一条越走越大的白狗毛儿耸起,尾巴轻摇。它近了,我看到了它的两个黑爪子。

那条黑爪子白狗走到桥头,停住脚,回头望望土路,又抬起下巴望望我,用那两只浑浊的狗眼。狗眼里的神色遥远荒凉,含有一种模糊的暗示,这遥远荒凉的暗示唤起我内心深处一种迷蒙的感受。

求学离开家乡后,父母亲也搬迁到外省我哥哥处居住,故乡无亲人,我也就不再回来。一晃就是十年,距离不短也不长。暑假前,父亲到我任教的学院来看我,说起故乡事,不由感慨系之。他希望我能回去看看,我说工作忙,脱不开身,父亲不以为然地摇摇头。父亲走了,我心里总觉不安。终于下了决心,割断丝丝缕缕,回来了。

白狗又回头望褐色的土路,又仰脸看我,狗眼依然浑浊。我看着它那两个黑爪子,惊讶地要回忆点什么时,它却缩进鲜红的舌头,对着我叫了两声。接着,它蹲在桥头的石桩上,跷起一条后腿,习惯性地撒尿。完事后,竟也沿着我下桥头的路,慢慢地挪下来,站在我身边,尾巴耷拉进腿间,伸出舌头,一下一下地舔着水。

它似乎在等人,显出一副喝水并非因为口渴的消闲样子。河水中映出狗脸上那种漠然的表情,水底的游鱼不断从狗脸上穿过。狗和鱼都不怕我,我确凿地嗅到狗腥气和鱼腥气,甚至产生一脚踢它进水中抓鱼的恶劣想法。又想还是"狗道"些吧,而这时,狗卷起尾巴,抬起脸,冷冷地瞅我一眼,一步步走上桥头去。我看到它把颈上的毛耸了耸,激动不安地向来路跑去。土路两边是大片的穗子灰绿的高粱。飘着纯白云朵的小小蓝天,罩着板块相连的原野。我走上桥头,拎起旅行袋,想急急过桥去,这儿离我的村庄还有十二里路吧,来前没给村里的人们打招呼,早早赶进去,也好让人家方便食宿。正想着,就看到白狗小跑步开路,从路边的高粱地里,领出一个背着大捆高粱叶子的人来。

我在农村滚了近二十年,自然晓得这高粱叶子是牛马的上等饲料,也知道褪掉晒米时高粱的老叶子,不大影响高粱的产量。远远地看着一大捆高粱叶子蹒跚地移过来,心里为之沉重。我很清楚暑天里钻进密不透风的高粱地里打叶子的滋味,汗水遍身胸口发闷是不必说了,最苦的还是叶子上的细毛与你汗淋淋的皮肤接触。我为自己轻松地叹了一口气。渐渐地看清了驮着高粱叶子弯曲着走过来的人。蓝褂子,黑裤子,乌脚杆子黄胶鞋,要不是垂着的发,我是不大可能看出她是个女人的,尽管她一出现就离我很近。她的头与地面平行着,脖子探出很长。是为了减轻肩头的痛苦吧?她用一只手按着搭在肩头的背棍的下头,另一只手从颈后绕过去,把着背棍的上头。阳光照着她的颈子上和头皮上亮晶晶的汗水。高粱叶子葱绿,新鲜。她一步步挪着,终于上了桥。桥的宽度跟她背上的草捆差不多,我退到白狗适才停下记号的桥头石旁站定,看着它和她过桥。

我恍然觉得白狗和她之间有一条看不见的线,白狗紧一步慢一步地颠着,这条线也松松紧紧地牵着。走到我面前时,它又瞥着我,用那双遥远的狗眼。狗眼里那种模糊的暗示在一瞬间变得异常清晰,它那两只黑爪子一下子撕破了我心头的迷雾,让我马上想到她。她的低垂的头从我身边滑过去,短促的喘息声和扑鼻的汗酸永留在我的感觉里。猛地把背上沉重的高粱叶子摔掉,她把身体缓缓舒展开。那一大捆叶子在她身后,差不多齐着她的胸乳。我看到叶子捆与她身体接触的地方,明显地凹进去,特别着力的部位,是湿漉漉揉烂了的叶子。我知道,她身体上揉烂了高粱叶子的那些部位,现在一定非常舒服;站在漾着清凉水气的桥头上,让田野里的风吹拂着,她一定体会到了轻松和满足。轻松,满足,是构成幸福的要素,对此,在逝去的岁月里,我是有体会的。

她挺直腰板后,暂时地像失去了知觉。脸上的灰垢显出了汗水的道道。生动的嘴巴张着,吐出一口口长长的气。鼻梁挺秀如一管葱。脸色黝黑。牙齿洁白。

故乡出漂亮女人,历代都有选进宫廷的。现在也有几个在京城里演电影的,这几个人我见过,也就是那么个样,比她强不了许多。如果她不是破了相,没准儿早成了大演员。十几年前,她婷婷如一枝花,双目皎皎如星。

"暖!"我喊了一声。

她用左眼盯着我看,眼白上布满血丝,看起来很恶。

"暖,小姑!"我注解性地又喊了一声。

我今年二十九,她小我两岁,分别十年,变化很大,要不是秋千架上的失误给她留下的残疾,我不会敢认她。白狗也专注地打量着我,算一算,它竟有十二岁,应该是匹老狗了。我没想到它居然还活着,看起来还蛮健康。那年端午节,它只有篮球般大,父亲从县城里我舅爷家把它抱来。十二年前,纯种白狗已近绝迹,连这种有小缺陷、大致还可以称为白狗的也很难求了。舅爷是以养狗谋利的人,父亲把它抱回来,不会不依仗着老外甥对舅舅放无赖的招数。在杂种花狗充斥乡村的时候,父亲抱回来它,引起众人的称羡,也有出三十块钱高价来买的,当然被婉言回绝了。即便是那时的农村,在我们高密东北乡这种荒僻地方,还是有不少乐趣,养狗当如是解。只要不逢大天灾,一般都能足食,所以狗类得以繁衍。

我十九岁,暖十七岁那一年,白狗四个月的时候,一队队解放军,一辆辆军车,从北边过来,络绎不绝过石桥。我们中学在桥头旁边扎起席棚给解放军烧茶水,学生宣传队在席棚边上敲锣打鼓,唱歌跳舞。桥很窄,第一辆大卡车悬着半边轮子,小心翼翼开过去了。第二辆的后轮压断了一块桥石,翻到了河里,车上载的锅碗瓢盆砸碎了不少,满河里漂着油花子。一群战士跳下河,把司机从驾驶楼里拖出来,水淋淋地抬到岸上。几个穿白大褂的军人围上去。一个戴白手套的人,手举着耳机子,大声地喊叫。我和暖是宣传队的骨干,忘了歌唱鼓噪,直着眼看热闹。后来,过来几个很大的首长,跟我们学校里的贫下中农代表郭麻子大爷握手,跟我们校革委刘主任握手,戴好手套,又对着我们挥挥手。然后,一溜儿站在那儿,看着队伍继续过河。郭麻子大爷让我吹笛,刘主任让暖唱歌。暖问:"唱什么?"刘主任说:"唱《看到你们格外亲》。"于是,就吹就唱。战士们一行行踏着桥过河,汽车一辆辆涉水过河。(小河里的水呀清悠悠,庄稼盖满了沟)车头激起雪白的浪花,车后留下黄色的浊流。(解放军进山来,帮助咱们闹秋收)大卡车过完后,两辆小吉普车也呆头呆脑下了河。一辆飞速过河,溅起五六米高的雪浪花;一辆一头钻进水里,嗡嗡怪叫着被淹死了,从河水中冒出一股青烟。(拉起了家常话,多少往事涌上心头)"糟糕!"一个首长说。另一个首长说:"他妈的笨蛋!让王猴子派人把车抬上去。"(吃的是一锅饭,点的是一灯油)很快地就有几十个解放军在河水中推那辆撒了气的吉普车,解放军都是穿着军装下了河,河水仅仅没膝,但他们都湿到胸口,湿后变深了颜色的军衣紧贴在身上,显出了肥的瘦的腿和臀。(你们是俺们的亲骨肉,你们是俺们的贴心人)那几个穿白大褂的人把那个水淋淋的司机抬上一辆涂着红十字的汽车。(党的恩情说不尽,见到你们总觉得格外亲)首长们转过身来,看样子准备过桥去,我提着笛子,暖张着口,怔怔地看着首长。一个戴着黑边眼镜的首长对着我们点点头,说:"唱得不错,吹得也不错。"郭麻子大爷说:"首长们辛苦了。孩子们胡吹瞎咧咧,别见笑。"他摸出一包烟,拆开,很恭敬地敬过去,首长们客气地谢绝了。一辆轱辘很多的车停在河对岸,几个战士跳上去,扔下几盘粗大的钢丝绳和一些白色的木棒。戴黑边眼镜的首长对身边一个年轻英俊的军官说:"蔡队长,你们宣传队送一些乐器呀之类的给他们。"

队伍过了河,分散到各村去。师部住在我们村。那些日子就像过年一样,全村人都激动。从我家厢房里扯出了几十根电话线,伸展到四面八方去。英俊的蔡队长带着一群吹拉弹唱的文艺兵住在暖家。我天天去玩,和蔡队长混得很熟。蔡队长让暖唱歌给他听。他是个高大的青年,头发蓬松着,眉毛高挑着。暖唱歌时,他低着头拼命抽烟,我看到他的耳朵轻轻地抖动着。他说暖条件不错,很不错,可惜缺乏名师指导。他说我也很有发展前途。他很喜欢我家那只黑爪子小白狗,父亲知道后,马上要送给他,他没要。队伍要开拔那天,我爹和暖的爹一块来了,央求蔡队长把我和暖带走,蔡队长说,回去跟首长汇报一下,年底征兵时就把我们征去。临别时,蔡队长送我一本《笛子演奏法》,送暖一本《怎样演唱革命歌曲》。

"小姑,"我发窘地说,"你不认识我了吗?"

我们村是杂姓庄子,张王李杜,四面八方凑起来的,各种辈分的排列,有点乱七八糟,姑姑嫁给侄子,侄子拐跑婶婶的事时有发生,只要年龄相仿,也就没人嗤笑。我称暖为小姑是从小惯成的叫法,并无一点血缘骨肉的情分在内。十几年前,当把"暖"与"小姑"含混着乱叫一通时,是别有一番滋味在心头的。这一别十年,都老大不小,虽还是那样叫着,但已经无滋味了。

"小姑,难道你真的不认识我了吗?"说完这句话,我马上谴责了自己的迟钝。她的脸上,早已是凄凉的景色了。汗水依然浸洇着,将一绺干枯的头发粘到腮边。黝黑的脸上透出灰白来。左眼里有明亮的水光闪烁。右边没有眼,没有泪,深深凹进去的眼眶里,栽着一排乱纷纷的黑睫毛。我的心拳拳着,实在不忍看那凹陷,便故意把目光散了,瞄着她委婉的眉毛和在半天阳光下因汗湿而闪亮的头发。她左腮上的肌肉联动着眼眶的睫毛和眶上的眉毛,微微地抽搐着,造成了一种凄凉古怪的表情。别人看见她不会动心,我看见她无法不动心……

十几年前那个晚上,我跑到你家对你说:"小姑,打秋千的人都散了,走,我们去打个痛快。"你说:"我打盹呢。"我说:"别拿一把啦!寒食节过了八天啦,队里明天就要拆秋千架用木头。今早晨车把式对队长嘟哝,嫌把大车绳当秋千绳用,都快磨断了。"你打了一个呵欠,说:"那就去吧。"白狗长成一个半大狗了,细筋细骨,比小时候难看。它跟在我们身后,月亮照着它的毛,它的毛闪烁银光。秋千架竖在场院边上,两根立木,一根横木,两个铁吊环,两根粗绳,一个木踏板。秋千架,默立在月光下,阴森森,像个鬼门关。架后不远是场院沟,沟里生着绵亘不断的刺槐树丛,尖尖又坚硬的刺针上,挑着青灰色的月亮。

"我坐着,你荡我。"你说。

"我把你荡到天上去。"

"带上白狗。"

"你别想花花点子了。"

你把白狗叫过来,你说:"白狗,让你也恣悠恣悠。"

你一只手扶住绳子,一只手揽住白狗,它委屈地嘤嘤着。我站在跳板上,用双腿夹住你和狗,一下一下用力,秋千渐渐有了惯性。我们渐渐升高,月光动荡如水,耳边习习生风,我有点头晕。你咯咯地笑着,白狗呜呜地叫着,终于悠平了横梁。我眼前交替出现田野和河流,房屋和坟丘,凉风拂面来,凉风拂面去。我低头看着你的眼睛,问:"小姑,好不好?"

你说:"好,上了天啦。"

绳子断了。我落在秋千架下,你和白狗飞到刺槐丛中去,一根槐针扎进了你的右眼。白狗从树丛中钻出来,在秋千架下醉酒般地转着圈,秋千把它晃晕了……

"这些年……过得还不错吧?"我嗫嚅着。

我看到她耸起的双肩塌了下来,脸上紧张的肌肉也一下子松弛了。也许是因为生理补偿或是因为努力劳作而变得极大的左眼里,突然射出了冷冰冰的光线,刺得我浑身不自在。

"怎么会错呢?有饭吃,有衣穿,有男人,有孩子,除了缺一只眼,什么都不缺,这不就是'不错'吗?"她很泼地说着。

我一时语塞了,想了半天,竟说:"我留在母校任教了,据说,就要提我为讲师了……我很想家,不但想家乡的人,还想家乡的小河,石桥,田野,田野里的红高粱,清新的空气,婉转的鸟啼……趁着放暑假,我就回来啦。"

"有什么好想的,这破地方。想这破桥?高粱地里像他妈×的蒸笼一样,快把人蒸熟了。"她说着,沿着慢坡走下桥,站着把那件泛着白碱花的男式蓝制服褂子脱下来,扔在身边石头上,弯下腰去洗脸洗脖子。她上身只穿一件肥大的圆领汗衫,衫上已烂出密麻麻的小洞。它曾经是白色的,现在是灰色的。汗衫扎进裤腰里,一根打着卷的白绷带束着她的裤子,她再也不看我,撩着水洗脸洗脖子洗胳膊。最后,她旁若无人地把汗衫下摆从裤腰里拽出来,撩起来,掬水洗胸膛。汗衫很快就湿了,紧贴在肥大下垂的乳房上。看着那两个物件,我很淡地想,这个那个的,也不过是这么回事。正像乡下孩子们唱的:没结婚是金奶子,结了婚是银奶子,生了孩子是狗奶子。我于是问:"几个孩子了?"

"三个。"她拢拢头发,扯着汗衫抖了抖,又重新塞进裤腰里去。

"不是说只准生一胎吗?"

"我也没生二胎。"见我不解,她又冷冷地解释,"一胎生了三个,吐噜吐噜,像下狗一样。"

我缺乏诚实地笑着。她拎起蓝上衣,在膝盖上抽打几下,穿到身上去,从下往上扣着纽扣。趴在草捆旁边的白狗也站起来,抖擞着毛,伸着懒腰。

我说:"你可真能干。"

"不能干有什么法子?该遭多少罪都是一定的,想躲也躲不开。"

"男孩女孩都有吧?"

"全是公的。"

"你可真是好福气,多子多福。"

"豆腐!"

"这还是那条狗吧?"

"活不了几天啦。"

"一晃就是十几年。"

"再一晃就该死啦。"

"可不，"我渐渐有些烦恼起来，对坐在草捆旁的白狗说，"这条老狗，还挺能活！"

"噢，兴你们活就不兴我们活？吃米的要活，吃糠的也要活；高级的要活，低级的也要活。"

"你怎么成了这样？"我说，"谁是高级？谁是低级？"

"你不就挺高级的吗？大学讲师！"

我面红耳热，讷讷无言，一时觉得难以忍受这窝囊气，搜寻着刻薄词儿想反讥，又一想，罢了。我提起旅行袋，干瘪地笑着，说："我可能住到我八叔家，你有空就来耍吧。"

"我嫁到了王家丘子，你知道吗？"

"你不说我不知道。"

"知道不知道的，没有大景色了。"她平平地说，"要是不嫌你小姑人模狗样的，就抽空来耍吧，进村打听'个眼暖'家，没有不知道的。"

"小姑，真想不到成了这样……"

"这就是命，人的命，天管定，胡思乱想不中用。"她款款地从桥下上来，站在草捆前说，"行行好吧，帮我把草掀到肩上。"

我心里立刻热得不行，勇敢地说："我帮你背回去吧！"

"不敢用！"说着，她在草捆前跪下，把背棍放在肩头，说，"起吧。"

我转到她背后，抓住捆绳，用力上提，借着这股劲儿，她站了起来。

她的身体又弯曲起来,为了背得舒适一点,她用力地颠了几下背上的草捆,高粱叶子沙沙啦啦地响着。从很低的地方传上来她瓮声瓮气的话:"来耍吧。"

白狗对我吠叫几声,跑到前边去了。我久久地立在桥头上,看着这一大捆高粱叶子在缓慢地往北移动,一直到白狗变成了白点,人和草捆变成了比白点大的黑点,我才转身往南走。

从桥头到王家丘子七里路。

从桥头到我们村十二里路。

从我们村到王家丘子十九里路,八叔让我骑车去。我说算了吧,十几里路走着去就行。八叔说:现在富了,自行车家家有,不是前几年啦,全村只有一辆半辆车子,要借也不容易,稀罕物儿谁愿借呢。我说我知道富了,看到了自行车满街筒子乱蹿,但我不想骑车,当了几年知识分子,当出几套痔疮,还是走路好。八叔说:念书可见也不是件太好的事,七病八灾不说,人还疯疯癫癫的。你说你去她家干么子,瞎的瞎,哑的哑,也不怕村里人笑话你。鱼找鱼,虾找虾,不要低了自己的身份啊!我说八叔我不和您争执,我扔了二十数三十的人啦,心里有数。八叔悻悻地忙自己的事去了,不再来管我。

我很希望能在桥头上再碰到她和白狗,如果再有那么一

77

大捆高粱叶子,我豁出命去也要帮她背回家;白狗和她,都会成为可能的向导,把我引导到她家里去。城里都到了人人关注时装、个个追赶时髦的时代了,故乡的人,却对我的牛仔裤投过鄙夷的目光,弄得我很狼狈。于是解释:处理货,三块六毛钱一条——其实我花了二十五块钱,既然便宜,村里的人们也就原谅了我。王家丘子的村民们是不知道我的裤子便宜的,碰不到她和狗,只好进村再问路,难免招人注意。如此想着,就更加希望碰到她,或者白狗。但毕竟落了空。一过石桥,看到太阳很红地从高粱棵里冒出来,河里躺着一根粗大的红光柱,鲜艳地染遍了河水。太阳红得有些古怪,周围似乎还环绕着一些黑气,大概是要落雨了吧。

我撑着折叠伞,在一阵倾斜的疏雨中进了村。一个仄棱着肩膀的老女人正在横穿街道,风翻动着长大的衣襟,风使她摇摇摆摆。我收起伞,提着,迎上去问路:"大娘,暖家在哪儿住?"她斜斜地站定,困惑地转动着昏暗的眼。风通过花白的头发,翻动的衣襟,柔软的树木,表现出自己来;雨点大如铜钱,疏可跑马,间或有一滴打到她的脸上。"暖家在哪住?"我又问。"哪个暖家?"她问,我只好说"个眼暖家"。老女人阴沉地瞥我一眼,抬起胳膊,指着街道旁边一排蓝瓦房。

站在甬道上我大声喊:"暖姑在家吗?"

最先应了我的喊叫的,是那条黑爪子老白狗。它不像那些围着你腾跃咆哮,仗着人势在窝里横咬不死你,也要吓死你的恶狗,它安安稳稳地趴在檐下铺了干草的狗窝里,眯缝着狗眼,象征性地叫着,充分显示出良种白狗温良宽厚的品质来。

我又喊,暖在屋里很脆地答应了一声,出来迎接我的却是一个满腮黄胡子两只黄眼珠的剽悍男子。他用土黄色的眼珠子恶狠狠地打量着我,在我那条牛仔裤上停住目光,嘴巴歪歪地撇起,脸上显出疯狂的表情。他向前跨一步——我慌忙退一步——跷起右手的小拇指头,在我眼前急遽地晃动着,口里发出一大串断断续续的音节。我虽然从八叔的口里,知道了暖姑的丈夫是个哑巴,但见了真人狂状,心里仍然立刻沉甸甸的。独眼嫁哑巴,弯刀对着瓢切菜,按说也并不委屈着哪一个,可我心里仍然立刻就沉甸甸的。

暖姑,那时我们想得美。蔡队长走了,把很大的希望留给我们。他走那天,你直视着他,流出的泪水都是给他的。蔡队长脸色灰白,从衣袋里摸出一把牛角小梳子递给你。我也哭了,我说:"蔡队长,我们等你来招我们。"蔡队长说:"等着吧。"等到高粱通红了的深秋,听说县城里有招兵的解放军,咱俩兴奋得觉都睡不稳了。学校里有老师进县城办事,我们托他去人武部打听一下,看看蔡队长来没来。老师去了。老师回来了。老师对我们说:今年来招兵的解放军一律黄褂蓝裤,空军地勤兵,不是蔡队长那部分。我失望了,你充满信心地对我说:"蔡队长不会骗我们!"我说:"人家早就把这码事忘了。"你爹也说:"给你们个棒槌,你们就当了针。他是把你们当小孩哄怂着玩哩,好人不当兵,好铁不打钉,混混毕了业,回家来拉弯弯铁,别净想俏事儿。"你说:"他可没把我当小孩子。他绝不把我当小孩子。"说着,你的脸上浮起浓艳的红色。你爹说:"能得你。"我惊诧地看着你变色的脸,看着你脸上那种隐隐约约的特异表情,语无伦次地说:"也许,他今年不来后年来,后年不来大后年来。"蔡队长可真是个仪表堂堂的美男子啊! 他四肢修长,面部线条冷峭,胡茬子总刮得青白。后来,你坦率地对我说,他在临走前一个晚上,抱着你的头,轻轻地亲了一下。你说他亲完后呻吟着说:小妹妹,你真纯洁……为此我心中有过无名的恼怒。你说:"当了兵,我就嫁给他。"我说:"别做美梦了! 倒贴上二百斤猪肉,蔡队长也不会要你。""他不要我,我再嫁给你。""我不要!"我大声叫着。你白我一眼,说:"烧得你不轻!"现在回想起来,你那时就很有点样子了,你那花蕾般的胸脯,经常让我心跳。

　　哑巴显然瞧不起我,他用跷起的小拇指表示着对我的轻蔑和憎恶。我堆起满脸笑,想争取他的友谊,他却把双手的指头交叉在一起,弄出很怪的形状,举到我的面前。我从少年时代的恶作剧中积累起来的知识里,找到了这种手势的低级下流的答案,心里顿时产生了手捧癞蛤蟆的感觉。我甚至都想抽身逃走了,却见三个同样相貌、同样装束的光头小男孩从屋里滚出来,站在门口,用同样的土黄色小眼珠瞅着我,头一律往右倾,像三只羽毛未丰、性情暴躁的小公鸡。孩子的脸显得很老相,额上都有抬头纹,下颌骨阔大结实,全都微微地颤抖着。我急忙掏出糖来,对他们说:"请吃糖。"哑巴立即对他们挥挥手,嘴里蹦出几个简单的音节。男孩们眼巴巴地瞅着我手中花花绿绿的糖块,不敢动一动。我想走过去,哑巴挡在我面前,蛮横地挥舞着胳膊,口里发着令人发憷的怪叫。

暖把双手交叠在腹部,步履略有些踉跄地走出屋来。我很快明白了她迟迟不出屋的原因,干净的阴丹士林蓝布褂子,褶儿很挺的灰的确良裤子,显然都是刚换的。士林蓝布和用士林蓝布缝成的李铁梅式褂子久不见了,乍一见心中便有一种怀旧的情绪怏怏而生。穿这种褂子的胸部丰硕的少妇别有风韵。暖是脖子挺拔的女人,脸型也很清雅。她右眼眶里装进了假眼,面部恢复了平衡。我的心为她良苦的心感到忧伤,我用低调观察着人生,心弦纤细如丝,明察秋毫,并自然地战栗。不能细看那眼睛,它没有生命,它浑浊地闪着磁光。她发现了我在注视她,便低了头,绕过哑巴走到我面前,摘下我肩上的挎包,说:"进屋去吧。"

哑巴猛地把她拽开,怒气冲冲的样子,眼睛里像要出电。他指指我的裤子,又跷起小拇指,晃动着,嘴里嗷嗷叫着,五官都在动作,忽而挤成一撮,忽而大开大裂,脸上表情生动可怖。最后,他把一口唾沫啐在地上,用骨节很大的脚踩了踩。哑巴对我的憎恶看来是与牛仔裤有直接关系的,我后悔穿这条裤子回故乡,我决心回村就找八叔一条肥腰裤子换上。

"小姑,你看,大哥不认识我。"我尴尬地说。

她推了哑巴一把,指指我,跷跷大拇指,又指指我们村庄的方向,指指我的手,指指我口袋里的钢笔和我胸前的校徽,比划出写字的动作,又比划出一本方方正正的书,又伸出大拇指,指指天空。她脸上的表情丰富多彩。哑巴稍一愣,马上消失了全身的锋芒,目光温顺得像个大孩子。他犬吠般地笑着,张着大嘴,露出一口黄色的板牙。他用手掌拍拍我的心窝,然后,跺脚,吼叫,脸憋得通红。我完全理解了他的意思,感动得不行。我为自己赢得了哑兄弟的信任感到浑身的轻松。那三个男孩子躲躲闪闪地凑上来,目不转睛地看着我手中的糖。

我说:"来呀!"

男孩们抬起眼看看他们的父亲。哑巴嘿嘿一笑,孩子们就敏捷地蹿上来,把我手中的糖抢走了。为争夺掉在地上的一块糖,三颗光脑袋挤在一起攒动着。哑巴看着他们笑。暖发出一声轻轻的叹息,她说:

"你什么都看到了,笑话死俺吧。"

"小姑……我怎么敢……他们都很可爱……"

哑巴敏感地看着我,笑笑,转过身去,用大脚板几下子就把厮缠在一起的三个男孩踢开。男孩们咻咻地喘着气,汹汹地对视着。我摸出所有的糖,均匀地分成三份,递给他们,哑巴嗷嗷地叫着,对着男孩打手势。男孩都把手藏到背后去,一步步往后退。哑巴更响地嗷了一阵,男孩便抽搐着脸,每人拿出一块糖,放在父亲关节粗大的手里,然后呼号一声,消逝得无影无踪。哑巴把三块糖托着,笨拙地看了一会,就转眼对着我。嘴里啊啊手比划。我不懂,求援地看着暖。暖说:"他说他早就知道你的大名,你从北京带来的高级糖,他要吃块尝尝。"我做了一个往嘴里扔食物的姿势。他笑了,仔细地剥开糖纸,把糖扔进口里去,嚼着,歪着头,仿佛在聆听什么。他又一次伸出大拇指,我这次完全明白他是在夸奖糖的高级了。很快地他又吃了第二块糖。我对暖说,下次回来,一定带些真正的高级糖给大哥吃。暖说:"你还能再来吗?"我说一定来。

哑巴吃完第二块糖,略一想,把手中那块糖递到暖的面前。暖闭眼,"嗷——"哑巴吼了一声。我心里抖着,见他又把手往暖眼前伸,暖闭眼,摇了摇头。"嗷——嗷——"哑巴愤怒地吼叫着,左手揪住暖的头发,往后扯着,使她的脸仰起来,右手把那块糖送到自己嘴边,用牙齿撕掉糖纸,两个手指捏着那块沾着他黏黏的口涎的糖,硬塞进她的嘴里去。她的嘴不算小,但被他那两根小黄瓜一样的手指比得很小。他乌黑的粗手指使她的双唇显得玲珑娇嫩。在他的大手下,那张脸变得单薄脆弱。

她含着那块糖,不吐也不嚼,脸上表情平淡如死水。哑巴为了自己的胜利,对着我得意地笑。

她含混地说:"进屋吧,我们多傻,就这么在风里站着。"我目光巡睃着院子,她说:"你看什么?那是头大草驴,又踢又咬,生人不敢近身,在他手里老老实实的。春上他又去买那头牛,才下了犊一个月。"

她家院子里有个大敞棚,敞棚里养着驴和牛。牛极瘦,腿下有一头肥滚滚的牛犊在吃奶,它蹬着后腿、摇着尾巴,不时用头撞击母牛的乳房,母牛痛苦地弓起背,眼睛里闪着幽幽的蓝光。

哑巴是海量,一瓶浓烈的"诸城白干",他喝了十分之九,我喝了十分之一。他面不改色,我头晕乎乎。他又开了一瓶酒,为我斟满杯,双手举杯过头敬我。我生怕伤了这个朋友的心,便抱着电灯泡捣蒜的决心,接过酒来干了。怕他再敬,便装出不能支持的样子,歪在被子上。他兴奋得脸通红,对着暖比划,暖和他对着比划一阵,轻声对我说:"你别和他比,你十个也醉不过他一个。你千万不要喝醉。"她用力盯了我一眼。我跷起大拇指,指指他,跷起小拇指,指指自己。于是撤去酒,端上饺子来。我说:"小姑,一起吃吧。"暖征得哑巴同意,三个男孩便爬上炕,挤在一簇,狼吞虎咽。暖站在炕下,端饭倒水伺候我们,让她吃,她说肚子难受,不想吃。

饭后,风停云散,狠毒的日头灼灼地在正南挂着。暖从柜子里拿出一块黄布,指指三个孩子,对哑巴比划着东北方向。哑巴点点头。暖对我说:"你歇一会儿吧,我到乡镇去给孩子们裁几件衣服。不要等我,过了晌你就走。"她狠狠地看我一眼,挟起包袱,一溜风走出院子,白狗伸着舌头跟在她身后。

哑巴与我对面坐着,只要一碰上我的目光,他就咧开嘴笑。三个小男孩闹了一阵,侧歪在炕上睡了,他们几乎是同时入睡。太阳一出来,立刻便感到热,蝉在外面树上聒噪着。哑巴脱掉褂子,裸出上身发达的肌肉,闻着他身上挥发出来的野兽般的气息,我害怕,我无聊。哑巴紧密地眨巴着眼,双手搓着胸膛,搓下一条条鼠屎般的灰泥。他还不时地伸出蜥蜴般灵活的舌头舔着厚厚的嘴唇。我感到恶心,燥热,心里想起桥下粼粼的绿水。阳光透过窗户,晒着我穿牛仔裤的腿。我抬腕看表。"噢噢噢!"哑巴喊着,跳下炕,从抽屉里摸出一块电子手表给我看。我看着他脸上祈望的神情,便不诚实地用小拇指点点我腕上的表,用大拇指点点他的电子表。他果然非常地高兴起来,把电子手表套在右手腕子上,我指指他的左手腕子,他迷惘地摇摇头。我笑了一下。

"好热的天。今年庄稼长得挺好。秋天收晚田。你养那头驴很有气度。三中全会后,农民生活大大提高了。大哥富起来了,该去买台电视机。'诸城白干'到底是老牌子,劲冲。"

"噢噢,噢噢。"他脸上充满幸福感,用并拢的手摸摸头皮,比比脖子。我惊愕地想,他要砍掉谁的脑袋吗?他见我不解,很着急,手哆嗦着,"噢噢噢,噢噢噢!"他用手指着自己的右眼,又摸头皮,手顺着头皮往下滑,到脖颈处,停住。我明白了。他要说暖什么事给我知道。我点点头。他摸摸自己两个黑乎乎的乳头,指指孩子,又摸摸肚子。我似懂非懂,摇摇头。他焦急地蹲起来,调动起几乎全部的形体向我传达信息,我用力地点着头,我想应该学学哑语。最后,我满脸挂汗向他告辞,这没有什么难理解的,他脸上显出孩子般的真情来,拍拍我的心,又拍拍自己的心。我干脆大声说:"大哥,我们是好兄弟!"他三巴掌打起三个男孩来,让他们带着眵目糊给我送行。在门口,我从挎包里摸出那把自动折叠伞送他,并教他使用方法。他如获至宝,举着伞,弹开,收拢,收拢,弹开,翻来覆去地弄。三个男孩仰脸看着忽开忽合的伞,颌骨又索索地抖起来。我戳了他一下,指指南去的路。"噢噢。"他叫着,摆摆手,飞步跑回家去。他拿出一把拃多长的刀子,拨开牛角刀鞘,举到我的面前。刀刃上寒光闪闪,看得出来是件利物。他踮起脚,拽下门口杨树上一根拇指粗细的树枝来,用刀去削,树枝一节节落在地上。

他把刀子塞到我的挎包里。

走着路,我想,他虽然哑,但仍不失为一条有性格的男子汉,暖姑嫁给他,想必也不会有太多的苦头吃,不能说话,日久天长习惯之后,凭借手势和眼神,也可以拆除生理缺陷造成的交流障碍。我种种软弱的想法,也许是犯着杞人忧天倾的毛病了。走到桥头间,已不去想她的事,只想跳进河里洗个澡。路上清静无人。上午下那点雨,早就蒸发掉了,地上是一层灰黄的尘土。路两边窸窣着油亮的高粱叶子,蝗虫在蓬草间飞动,闪烁着粉红的内翅,翅膀剪动空气,发出"喀哒喀哒"的响声。桥下水声泼剌,白狗蹲在桥头。

白狗见到我便鸣叫起来。龇着一嘴雪白的狗牙。我预感到事情的微妙。白狗站起来,向高粱地里走,一边走,一边频频回头鸣叫,好像是召唤着我。脑子里浮现出侦探小说里的一些情节,横着心跟狗走,并把手伸进挎包里,紧紧地握着哑巴送我的利刃。分开茂密的高粱钻进去,看到她坐在那儿,小包袱放在身边。她压倒了一边高粱,辟出了一块空间,四周的高粱壁立着,如同屏风。看我进来,她从包袱里抽出黄布,展开在压倒的高粱上。一大片斑驳的暗影在她脸上晃动着。白狗趴到一边去,把头伏在平伸的前爪上,"哈哒哈哒"地喘气。

我浑身发紧发冷,牙齿打战,下颌僵硬,嘴巴笨拙:"你……不是去乡镇了吗?怎么跑到这里来……"

"我信了命。"一道明亮的眼泪在她的腮上汩汩地流着,

87

她说,"我对白狗说,'狗呀,狗,你要是懂我的心,就去桥头上给我领来他,他要是能来就是我们的缘分未断',它把你给我领来啦。"

"你快回家去吧。"我从挎包里摸出刀,说,"他把刀都给了我。"

"你一走就是十年,寻思着这辈子见不着你了。你还没结婚?还没结婚。……你也看到他啦,就那样,要亲能把你亲死,要揍能把你揍死……我随便和哪个男人说句话,就招他怀疑,也恨不得用绳拴起我来。闷得我整天和白狗说话,狗呀,自从我瞎了眼,你就跟着我,你比我老得还要快。嫁给他第二年上,怀了孕,肚子像吹气球一样胀起来,临分娩时,路都走不动了,站着望不到自己的脚尖。一胎生了三个儿子,四斤多重一个,瘦得像一堆猫。要哭一齐哭,要吃一齐吃,只有两个奶子,轮着班吃,吃不到的就哭。那二年,我差点瘫了。孩子落了草,就一直悬着心,老天,别让他们像他爹,让他们一个个开口说话……他们七八个月时,我心就凉了。那情景不对呀,一个个又呆又聋,哭起来像擀饼柱子不会拐弯。我祷告着,天啊,天!别让俺一窝都哑了呀,哪怕有一个响巴,和我做伴说说话……到底还是全哑巴了……"

我深深地垂下头,嗫嚅着:"姑……小姑……都怨我,那年,要不是我拉你去打秋千……"

"没有你的事,想来想去还是怨我自己。那年,我对你说,蔡队长亲过我的头……要是我胆儿大,硬去队伍上找他,他就会收留我,他是真心实意地喜欢我。后来就在秋千架上出了事。你上学后给我写信,我故意不回信。我想,我已经破了相,配不上你了,只叫一人寒,不叫二人单,想想我真傻。你说实话,要是我当时提出要嫁给你,你会要我吗?"

我看着她狂放的脸,感动地说:"一定会要的,一定会。"

"好你……你也该明白……怕你厌恶,我装上了假眼。我正在期上……我要个会说话的孩子……你答应了就是救了我了,你不答应就是害死了我了。有一千条理由,有一万个借口,你都不要对我说。"

……

1985 年 4 月

断手

槐花大放,通乡镇的十里土路北侧那数千亩河滩林子里,扑出来一团团沉重的闷香。林子里除了槐就是桑,老春初夏,槐绿桑青,桑肥槐瘦。太阳刚冒红时,林子里很静,一只孤独的布谷鸟叫起来,声音传得远而长。林子背后是条河,河里流水拥挤流动时发出的响声穿过疏林土路,漫到路外扬花授粉的麦田里。一个穿军衣的黝黑青年站在土路上,对着那河滩林子里的一片槐树喊了一声:

"小媞!"

立刻就有一个红褂绿裤的大闺女从雪白的槐林中钻出来,黝黑青年用左手抻抻去了领章的军衣,又正正摘了帽徽的军帽,看着出现在面前的红绿大闺女。她把一头乌油油的发用一条白色小手绢系着,飘飘洒洒洋溢着风情,柳眼梅腮上凝着星星点点的羞涩。

"你躲躲闪闪的干什么呀?"他大声说着,用手摸摸胸前那两个红黄的徽章。闺女往后退一步,将身子半掩在槐林里,红了脸,说:"你别大声嚷嚷好不好?""怕谁呢?""不怕谁,不愿意让人看见,你也不是不知道村里人那些臭嘴。""让他们说去,早晚也得让人知道。""苏社,咱俩可是什么事也没有!"她吊着眼说。"有什么事呢? 今日登记,明日结婚,后日生孩子,有什么事呢?"他潇洒地说着。"谁跟你去登记? 你这样胡说我就不跟你一道儿走了。""我不说了还不行? 你还挺能拿架。"他用左手从口袋里提出一支烟,插进嘴里。用左手摸出一盒火柴,夹在右胳膊弯子里。用左手食指捅开火柴盒。用左手食指和拇指捏出一根火柴——小媞上前两步,右手从他左手里拔出火柴,左手从他右胳膊弯里抓过火柴盒。她点着火,烧着他嘴里的烟,水汪汪的眼看着他的脸说:"非要抽?"他举起右胳膊,衣袖匆匆滑下去,露出了——他的手没了——疤结的手腕。他阴沉沉地说:"当兵的,靠口烟撑着架子,那次打穿插,跑了两天两夜,干粮袋,水壶,全他妈的丢光了,到了集合点,一个个都瘫了。连长指导员副连长副指导员,还有一排长二排长三排长四排长,一人拿出一盒烟,全连分遍了,点上抽着,山坡上像烧窑一样,这才缓过劲来。紧接着眼见着敌人就上来了,绿压压的像苍蝇一样,我端着一挺轻机枪,来回扫着扇子面,越南鬼子像麦个子一样,横七竖八倒满了山坡……""你说的跟电影上演的一模一样。""电影,电影全是演屁,光坏人死,不死好人,打仗可不一样,我们一连人只剩下七个,还是缺胳膊少腿,打仗,打仗可不是闹着玩的。""别说了,上了路再说。我驮着你。"她从槐林里推出一辆自行车,车上缠满了花花绿绿的塑料纸,"上来吧。""还是我驮着你。"他把烟头吐在地上说。"俺可不敢,你是战斗英雄哩!"她说着,看着他淡淡地笑。他咧咧嘴,也笑了。

土路追着阳光前伸,苏醒的田野里充斥着生机勃勃的声响,一树树槐花从他脸前滑过去,从槐树的褐色树干里,他不时看到桑树的银灰色树干,桑林里响着小女孩和大女人的对话声,也如参差错落的桑槐,一闪就过去了,他渐渐地注意到了她的呼吸,注意到撑出去的双臂和从她腋下望得见的衣服皱褶。她的腰浑圆。槐林里溢出的香气浓浓淡淡,延伸出去断手的右胳膊,揽住了她的腰,他感到她哆嗦了一下。她用力蹬着车子,悄悄地说:"你把手拿开。"车子嗖嗖地向前跑着,他用胳膊箍了她一下,说:"不。""拿开手。"她扭着腰说。"我没有手!"他说着。"……没有手……也得拿开……求求你……"她带着哭腔说,车把子在她手下歪来扭去,终于钻进槐林里。车前轮撞在槐树上,车子猛一跳,歪倒。从地上爬起来,他和她对望着。他激动得脸色发绿,对着倚在槐树上的她说:"动动你怎么啦?封建脑瓜子,你到城里去看看。""苏社,你别逼人……你是英雄,你为国有功,俺知道你好……可你知道人家怎么议论你?""议论我什么?""人家说你是个牛皮匠,说你连前线都没上。"他的脸色随即变灰了,手瑟瑟地抖着,说:"谁说的?谁说的?我没上前线?我的手是被狗咬去的?""人家说你用手榴弹砸核桃,砸响了,把手炸掉了。""胡说!那里有核桃吗?那里没核桃。手榴弹放在火里都烧不响,砸核桃能砸响?就算是砸核桃砸响了,那我这些功劳牌子不是我自己铸的吧?""人家说你只得了一块三等的小功劳牌子,那一块是个纪念章。""纪念章你们谁有?谁有?拿出来我看看!"

他又重复着复杂的手续点火抽烟,她没帮他,却用肩头一下一下地往后撞着那棵槐树。树叶子和花串儿抖动着,响着。烟从他嘴里愤怒地喷出来。她说:"你用不着生气,村里人的话,都是望风捕影地瞎传。我还忘了,你还没吃饭吧?"她把车子扶起来,从车兜里摸出一个小手绢包,他一眼看出包着的鸡蛋,立刻想到饿,听到她说:"给你。"

"小媞,你相信他们说的?"他接过手巾包,怯怯地问。

"我当然不信,不过,你也得把尾巴夹一夹。今日去县城,我瞒着俺爹哩。俺爹说,'苏社不是正经人,你要离他远着点。'"

"好啊!你爹!"

"俺爹还说你擎着只断手,吃了东家吃西家,回家两个月了,连地也不下,像个兵痞子。"

"那么你呢,你也这样看我?"

"我对俺爹说,他为国为民落了残废,又是孤身一人,吃几顿饭算什么?"

"你爹怎么回你?"

"他说,'不是那几顿饭!'"

"你爹还说我什么?"

"就这些。"

"小媞,"他想了一下说,"今天我们就去县委,让他们给我安排个工作,你只要同意跟我好,我让他们也给你安排个工作,咱搬到县城里去住,躲着这些人远远的。"

"他们能安排你吗?"

"他们敢不安排!老子连手都丢在前线了。"

"我们就走吧。"她眼泪汪汪地说,"你不要动我,好好坐着,我求求你。"

"好吧,我不动你。"他轻蔑地说,"都八十年代啦。当兵的,什么世面没见过呀。人都会装正经,打起仗来,什么羞不羞的,在医院里,女护士给我系腰带,有个粉红脸儿叫小曹的,是地委书记的女儿呢,人家那个大方劲,哪像你。"

"你怎么不去找她!"

"你以为我搞不到她?我不愿意呢。我们凯旋着回来,给我们写信的女大学生成百成千,都把彩色照片寄来,那信写的,一口一个'最亲爱的人'。"

小媞不说话了,自行车链条打着链瓦,当啷当啷响。那只不知疲倦的布谷鸟的叫声,渐渐地化在大气里。

又朦朦胧胧地听到了布谷鸟的叫声。越来越清晰,单调,离它越来越近。它好像一直没动窝儿,就这么叫着,太阳高挂东南,田野里暖烘烘的。小媞麻木地蹬着车子,听着飘浮不定的布谷声,她感到浑身松懈。跳下车,腿脚软得像没了筋骨。槐花的闷香漫上来,她的头微微发晕,支起车子,一手扶树,一手轻提着胸襟抖了几下,她出了一身汗。忽然想起什么似的,她趔着,进了槐林深处。槐树大多是茶碗口粗细,杆茎人头多高,树皮还光滑发亮,树冠不高也不太大,一片又一片的绿叶子承着阳光,闪闪烁烁地跳,槐花串串挂着,家蜂伴着野蜂飞,阳光下交汇着蜂鸣声……她在槐林深处蹲了一会,看见与槐林相接的桑林,看见桑林外河中流水泛起的亮光……她往外走,踩着湿润的沙地,沙地上生着一圈圈瘦弱的茅草,还有葛蔓萝藤,黄花地丁。四只拳头大小的褐色野兔,灵活地啃着野菜,见到她来,一哄儿散了,站在半箭之外,斑斑点点地望着她。灰山鹊拖着长长的尾巴,一起一伏地向前跃进。她眼里像蒙着一层雾,南风从树缝里歪歪曲曲地吹过来,钻进了她的身体。她摸出手帕揉揉眼,掐下一串齐着她额头的槐花,用牙齿摘着吃。槐花初入口是甜的,一会儿就变了味。她心里有点迷糊,便用削肩倚了树,慢慢地下滑,坐下,双腿平伸开,眯着眼,从花叶缝隙里看太阳。太阳是黑的。太阳是白的。太阳是绿的。太阳是红的。几个花瓣从她眼前落下来,老春槐花谢,想着刚才的事,想哭,一低头,就有两颗泪珠落在红褂子上……

路过乡镇时,看到街上热热闹闹,人们走来走去,脸上都带着笑。太阳光下坐着一位面如丝瓜的干老头,守着一个翠绿色的柳条筐,筐里是鲜红的大樱桃,不满。看到大樱桃,苏社用断腕捣了她一下,说:"停车。"

樱桃老头半闭着左眼,大睁着右眼,看着苏社。苏社蹲在筐前,问老头:"樱桃怎么卖?"

她扶着车子站在一边,看着他的脖子,看着老人的干脸。鲜红的樱桃好像在筐里跳。

"五毛一斤。"老头说。

苏社提起一个樱桃,举着看一会,一仰脖子,让樱桃掉进嘴里。他说:"真甜。就是太贵了,老头,我是从前线回来的。云南省昆明市樱桃红了半条街,个儿大,水儿旺,才两毛钱一斤。"

"那是云南。"老人说。

"便宜点儿卖不卖?"他又提起一个樱桃,扔进嘴里。

老人用力看着他。

"一毛钱一斤卖不卖?"苏社往口里扔着樱桃说。

"走你的路吧!"

"一毛钱一斤,我全要了你的。"苏社往嘴里扔着樱桃说。

"走吧,苏社。"她在一边说。

樱桃老人脸上渐渐挂了颜色,两只眼全瞪圆。苏社又往樱桃筐里伸手,老人抓住了他的手。

"你干什么?老头,"苏社说,"噢,还不兴尝一尝吗?"

"你爹从来没有教育过你。"老人说。

"你怎么开口骂人?"

"你拿一毛钱。"

"我不买。"

"拿一毛钱。"

"老头,真抠门呀!吃你几个破樱桃是瞧得起你。"

"拿一毛钱。"

行人一圈圈围上来,都不说话,表情各异地看着苏社和老人。也有用斜眼瞥一下小媞的,她的脸上泛热,轻轻说:"走吧。"

"好吧,算我倒霉!"苏社从兜里抠搡了半天,夹出几个硬币来,扔在地上,"老财迷!"

他站起来。老人一探身,揪住了他的衣角。

"你想动打的吗?老头,我告诉你,动打的你可不是个,越南特工队都是练过飞檐走壁的,照样躺在我的枪口下。"

老人揪着他的衣角,不松手也不抬头。

有人说:"算了,老人,放他走吧,他刚打仗回来呢。"

有人说:"年轻人,你弯弯腰,拾起钱,递到他手里,给他个面子,借着坡,好下驴,他也好做买卖,你也好赶路。"

他弯腰捡起硬币,拍到老头手里,说:"老子在前方为你们卖命,身上钻了这么多窟窿,吃几个破烂樱桃还要钱。"

"小子,你别走!"老人说着,挽起裤腿来,把一条假腿从膝盖上摘下来,扔在苏社面前,吼一声,"小子,老子在朝鲜吃雪时,你还在你爹腿肚子里转筋呢!"

她从人缝里推车挤出来,上了车,逃命似的回来。

布谷声又响,她不知道是她的耳朵歇了一会儿还是布谷鸟歇了一会儿。

"娘——小野兔!"

她听到桑林里传出一个女孩清脆的喊叫声,便移动着眼往发声处看。她看到紫色的槐树干和灰色的桑树干,高抬眼,又看到满眼婆娑摇风的绿叶白花。

"乐乐,好好走,别让树撞着头。"一个女人的声音。

"娘,掉下一个小蜜蜂。"

"别动啊,被它蜇着!"

"它死了。"

"蜂死启子不死哩。"

"蚂蚁要拖它。"

"别动它。"

"蚂蚁拖着它走了。"

"别动它们。"

她终于看到柔韧的桑枝在空中晃动,几片拳大的桑叶飘然落地,桑枝桑叶间,镶进蓝蓝黑黑的颜色,一个通红的孩子,像小鹿一样跳过去又跳过来。

"后生,你别狂,家去摘下那两块牌牌,找块破布包包搁起来,"樱桃老头指着苏社胸前的徽章说,"这种东西我家里有半斤。"

苏社咧咧嘴,不明哭笑。一直看着老人安装上假腿,拐起樱桃筐子,咯吱咯吱响着腿走了,众人面面相觑,都没得话说,羞答答地走散。撇下苏社一人戳着,在阳光下晒着满脸白汗珠。好半天才醒过神,转着圈喊小媞,声音又急又赖,像猫叫一样,满街都惊动了,走散的人又定住脚,从四面八方一齐回头看他,使他感到无趣,赶紧溜到墙边,背靠墙站住,心里顿时安定了不少,闭住嘴,腾出眼来找小媞。满街急匆匆走着人,也有自行车在人缝里钻,但都不是小媞。樱桃老头远远地坐在凉粉摊旁柳荫下,沙哑着嗓子喊:"樱桃——樱桃——樱桃——"

反复想了还是决定先回村,想必小媞是早回了村。走着与槐林相傍的土路,见无边的麦浪从路南涌上来,到了路边却陡然消失,像马失了前蹄,像潮撞着堤岸。有一家人正给小麦喷药粉,一人背着汽油机,一人拉着长长的蛇皮形喷粉管,像拉鱼一样从麦穗上掠过去,在他们身后,留下一道道烟树。田野辽阔了就显着人少,看不到有多少人干活,庄稼却长得出奇的好。

一辆手扶拖拉机噗噗噗响着,从路上驰来,他想截车,便站到了路边,高高地举起无手的右胳膊。开车的是个戴墨镜的小伙子,坐得梆硬,像焊在拖拉机上的铁铸件,对他的示意连一点反应也没有。拖拉机飞快地开过去,黑烟和尘土把他逼进槐树林里去。

拖拉机走了好远,他才敢从林子里钻出来,沉重的受辱感使他的心一阵阵抽搐,断手的疤也隐隐作痛。也许是今年的第一只蟟蛸在林里干噪地叫起来,他对蟟蛸充满了仇恨,心里想着把它砸成肉酱的情况,人却在路上疲惫不堪地走。路上不断有自行车骑过去,骑车人连多看他一眼也不。他心里阴郁得没有一个亮点,不时地停下,按照动作顺序点火吸烟,终于吸光了烟,捏瘪烟盒,用力掷进树丛里。

从树丛里跳出一个红色的女孩,高举着一根桑条,像举着一面旗帜,满头缀着白花,浑身都是香气,"娘,解放军,一个解放军。"女孩喊。

"乐乐,慢着点跑,别摔倒磕破鼻子。"一个女人,背着一筐桑叶,从槐林里走出来,直到她放下筐子直起腰时,苏社才看清了她的脸。

"这不是苏社大兄弟吗?"女人问,"进城了吗?"

"……留嫚姐,"顿了一会才想起她的名字,他吭吭哧哧地说,"你采桑叶喂蚕?"

留嫚脸红红的,说:"乐乐,这是你叔叔,你叔叔是英雄,快叫呀!"

女孩怯生生地叫了他一声,就缩到娘背后,偷偷打量着苏社。

留嫚用右手摸了一下女孩的头,笑着对苏社说:"她见了生人就像见了猫的小耗子。"

女孩用两只清澈的眼睛看着他,他心里莫名其妙地感伤起来,他几乎把这个女人忘记了。两个月里,他差不多吃遍了全村,好像也没人提过她的事。正胡乱想着,就听到她说:"我早就知道你回来了。你回来全村都高兴,都请你吃饭,你这个穷姐姐不敢去凑热闹,也实在没有什么能拿上桌的东西给你吃。"

他狼狈地笑着,说:"我真不好意思,乡亲们尊重错了人。"

"那就是你谦虚了。"

"你嫁到哪村了?"他看着女孩问。

她平静地说:"哪儿也没嫁。"

他不再问,指着桑叶筐说:"我帮你背着吧。"

"不用。"她说。

她背着桑叶,弯着腰跟他一起走,女孩扯着她的衣角走在一侧。他看着她那条如同虚设的左胳膊,回忆起少年时一些残忍的行为。留嫚生来畸形,她的左臂短、小,像一条丝瓜挂在肩膀上。留嫚上过一年级,他和一些男孩子们经常欺负她,扯着她的残胳膊使劲拧。后来她就不再上学。

"兄弟,该成亲了吧?"她问。

"跟谁成亲?"他苦笑一声,说,"瘸爪子,没人要嫁给我。"

"你这个瘸爪子跟我这个瘸爪子可是不一样,"她愉快地笑着说,"你是光荣的瘸爪子,会有人嫁给你的。"

路很长,越走越累,便一齐住了声,大一步小一步地向前走。终于走到村头,天已正午,满街泛起黄光,她举起头来说:"我家就在那儿,老地方。"她用下巴示意了一下,他看了一眼那排紧靠河堤被满村新建青砖红瓦房甩出去的草屋。它孤孤单单地坐在那儿。苏社回忆着在草屋周围曾有过的那一排排同样模样的草屋,心里乱糟糟的。她说:"今日正好碰上你,大家都请你吃饭,我也该请。你别嫌弃,跟我走吧,家里正好还有一只被人打坏了脊梁的母鸡,就慰劳了你吧。"两道浑浊的汗水很滞地在她颊上流,她的嘴略有点歪斜,鼻子两侧生着雀斑。女孩晒得黑黑的,双眼不大但非常明亮。

"留姐,……我还有事,就不去了吧……"

"随你的方便,一个村住着,早晚会请到你。"她爽快地说着,拉着女孩往草屋走,他一直望见她们进了院子。

"小媞!"站在小媞家院门外,他大声喊。院子里静悄悄的,没有人说话,他把眼贴在门缝上,看到了小媞那辆花花绿绿的自行车支在院子里。想走,却又张嘴喊小媞,从门缝里,看到小媞的爹板着脸走过来。

坐在她家炕下的长条凳上,看着她爹紧着嘴抽烟,身上似生了疥疮,坐不安稳,一提一提地耸肩仄屁股。没话找话地说:"大伯,小媞还没回来?"老头把烟袋锅子在炕沿上叩着,死声丧气地说:"你问我,我问谁!"苏社像打嗝似的顿了一下喉咙,心里顿时冷了。

"媞她娘,拾掇饭吃!"老头喊。

媞她娘从另一间屋里出来,说:"急什么,媞出去还没回来。"

"吃了饭要干活!麦子要浇水,要喷药,玉米要除草定苗,你当我是二流子,甩着袖子晒大鞋呀!"

"你看这熊脾气!"媞她娘对苏社说,"你可别见怪。"

媞她娘端上来一盘暄腾腾的馒头,一碗酱腌带鱼,一碟黄酱,一把嫩葱。"大侄子,一块儿吃吧。"她对苏社说。

"你大侄子早在县里吃饱了大鱼大肉,用得着你孝敬!"老头说。

苏社猛地站起来,手伸着,嘴张着,眼瞪着,一副吓人模样,然后他垂臂合嘴耷拉眼皮,脸青一阵白一阵。他慢慢又坐下,手在大腿上摸着,一会儿,缓缓站起来,咬着牙根,一字一顿地说:"大伯,吃了你家几顿饭,我牢牢地记住了,你也牢牢地记着吧,我迟早会还你的。"转身他就走了,也不听老头老婆在背后说些什么。走着街,委屈浸润上来,眼里簌簌地滚出两行泪,怕人看见,想擦,举起右手——马上火气填胸,不擦泪,飞跑回家,仰在炕上,哭着,死死活活地乱想。

哭了一阵,委屈和愤怒渐渐平息,心里恍恍惚惚,宛若在梦中,睁眼看着墙角上轻动着的小蛛网,耳边传来毛驴的叫声,窗外生动着大千世界,并没有什么变乱。于是爬起来,满意地看看村里给盖的新房和备齐的家具,心里又有些感动,饥饿和干渴袭上来,便挑了水桶去井边担水,见着街上的行人,觉得一阵阵脸热,怀着轰轰烈烈的念头与人打招呼,但都是极随便地应一声,并无惊讶之语,于是也就明白了自己。

井台上汪着些浑浊的水,两只黄色的白鸭用黑嘴搅着水,见到有人来,便摇摇摆摆地走到一边去。他从小惯用右手,左手笨拙软弱,连提个空桶都感到吃力。用扁担钩子钩着桶,慢慢往井里顺,整根扁担都进了井,他又大弯着腰,才看到水桶底触破了平静的井水,他的脸随着变成无数碎片,在井里荡漾着。

他别别扭扭地晃动着扁担,总也打不到水,眼珠子都挤得发了胀,只好把空桶上上下下地提上来,直起腰,手扶着扁担,双眼望着极远的天。

"战斗英雄,打水呀!"一个不比小媞难看的姑娘挑着两只铁皮水桶轻盈地走过来。

他冷冷地瞅她一眼,没有说话,姑娘看着他那只断手,笑容立即从脸上褪去。她放下自己的扁担和桶,走上来拿他的扁担,她说:"苏社哥,我来给你打。"

"滚开!"他突然发了怒,大声说,"不用来假充好人。我欠你们的情够多的了,欠不起了。"

姑娘被他抢白得眼泡里汪着泪,说:"苏社,俺可是一片好心。"

"好心?他妈的,老子在前方——"他忽然住了嘴,双肩垂下,拄着扁担,面色漠然,好像对着坟墓。

那姑娘匆匆打满两桶水,担起来,一溜歪斜地走了。她再也没有回来。他知道话说过了头,但也不后悔,对着井他垂下头,仔细端详着自己阴暗的脸⋯⋯

他看到自己头朝下栽到井里,井水沉闷地响着,溅起四散的浪花去冲刷井壁,他挣扎着,身体慢慢下沉,井底冒上来一串串气泡⋯⋯他漂到了水面上,仰着脸,望着圆圆的蓝天。蓝天里突然镶进了小媞美丽的脸,他笑嘻嘻地面对着她,听到她惊叫起来⋯⋯全村人都围到了他身边,他躺在那儿,虽然死了,心里却充满了报复后的快感⋯⋯几颗泪珠悄然无声地落到井里,砸破了水面,金黄的太阳照着他的脸,他的脸照亮了井水。

"兄弟。"

他听到有人喊,慌忙直起腰,用衣袖沾沾眼睛。

"家里没镜子吗?"留嫚笑着说,"你要跳井吗?"

"也许会跳呢!"他笑着回答。

"跳下去我可不捞你,"她说,"你挑水?"

"想挑,但挑不了,瘸爪子,不中用啦。"他直率地对她说。

"你不知道自己有多大本事。咱这种人,要想咱这种人的办法,你看着我怎么干。"她走到井边,跪下,用右手握着绳子,把一只瓦罐缓缓地顺进井里去,晃了两下绳子,井里传上来瓦罐进水的咕噜声。她用力把绳子往上提,提到胳膊不能上举为止,然后,把头伸过去,用嘴咬住了绳子。在很短暂的时间里,一瓦罐水是挂在她的嘴上的,趁着这机会,她把右手迅速地伸到井里抓住绳子,松了口,再把胳膊用力上举,再用嘴去咬住井绳……她那条像丝瓜一样的左胳膊随着身体起伏悠来荡去……她把满满一瓦罐水叼到井台上,站起来,喘着粗气说:"就得这样干。"

他看着她那两片薄薄的嘴唇和细小的牙齿,问:"你一直就是这样打水吗?"

她说:"要不怎么办?前几年俺娘活着,她打水,她死了,我就打,人怕逼,逼着,没有过不了的河,没有吃不了的苦。"

"没人帮你打水?"

"一次两次行啊,可天长日久,即便人家无怨言,自己心里也不踏实,欠人一分情,十年不安生,能不求人就不求人。"

"娘,你怎么还不走呀!"女孩在远处急躁地喊。

"噢,乐乐,你先走,抓些桑叶给蚕宝宝撒上,娘帮叔叔提两罐水。"

"你可快些呀!"女孩喊一声,跳着走了。

留嫚提起那罐水,用膝盖帮着手,把水倒进苏社桶里。他伸手抓住绳子,看着她的脸,说:"留姐,让我来试试。"

"你要试试？也好，待几天我帮你纺根线绳子。"她把手松开。

他跪在井沿上，把瓦罐顺下井，打满水。当他把胳膊高举起来时，也学着她的样，伸出头，狠狠地咬住了绳子，在一瞬间，沉重的瓦罐挂在他的嘴上，他的牙根酸麻，脸上肌肉紧张，舌头尝到了绳子上又苦又涩的味儿。

他默默地坐着，看着她用一只手灵巧地擀面条。她家里有五间屋，一间灶房，一间卧房，三间蚕房。蚕都有虎口长了，满屋里响着蚕吃桑叶的声音。

"你打算怎么办？是种地还是去当干部？"她问。

"到哪里去当干部？我都不想活下去啦。"

"说得怪吓人的。"她咯咯地笑起来。

"娘，你笑什么？"女孩问。

"大人说话，小孩别插嘴。"她说，"就为断了只手？我也是一只手不是照样活吗？比比那些两只手都没了的，我们还是要知足。"

"话是这么说，可我总觉得不仗义。"

"想开点吧。"

她走到灶边烧火。女孩搂着脖子往她背上爬，她说："淘人虫，去找你叔叔玩去。"

女孩踅到他面前，他问："你叫什么名字？"

"乐乐。"

"噢,乐乐。"

"叔叔,你打死二百个鬼子?"

"……没有,乐乐,叔叔连一个鬼子也没打死。"

"娘说你打死二百个鬼子。"

"没有……"他避开了女孩的眼睛。

"叔叔,你的牌子。"女孩指着他胸前的徽章说。

"送给你了。"他把徽章摘下来给了女孩。

月亮升起来不久,女孩睡着了。留嫚把孩子塞进被窝,从她手里剥出徽章递给他。他说:"不要了,留着给孩子耍吧。"她把徽章放到窗台上,说:"你也不容易呀,动刀动枪的,还打死那么多人。"他讷讷半晌才说:"你包了几亩地?""我没包地。我养蚕。这几年,全胳膊全腿的都跑出去捞大钱了,没人养蚕,满林的桑叶。去年我养了五张,今年养了六张。"

她起身去喂蚕,月光从窗棂间透进来,照着一张张银灰色的蚕箔。她撒了一层桑叶,屋子里立刻响起急雨般的声音。"今年蚕出得齐,我一个人,又要采桑又要喂,真够呛的,要雇人吧,又不方便,只好苦一点,熬到蚕上了簇就好了。"月光照着她的脸,显得清丽和婉,她觉察到他在注视她,便低眉顺目,说:"我的乐乐眼见着就大了。"

他嗓子发哽,说不出话来。

留嫚说:"兄弟,不是我撵你走,今晚上大月亮天,我要去采叶子,家里的叶子吃不到天亮呢。"

"我帮你去采。"

"不用,半夜三更的,叫人碰到说闲话——我倒不怕,怕坏了你的名誉呢。"

"不是有月亮吗?"

槐花像一簇簇粉蝶在月光下抖翅。桑叶子黑亮黑亮。河水流动声比白天大。

两人两只手,一会儿就采满了筐。从桑林到槐林,都被月亮照彻了。人在树下晃动着,好似笨拙的大鸟。

1985年4月于魏公村

遥远的亲人

一

春节前,我从外地赶回高密东北乡与家人团聚。进了家门,屁股尚未坐稳,父亲好像极平淡地说:"你八叔来信了。"

我站起来。

我们家是八十年前从县城迁到这穷地方来的。据父亲说,我的曾祖父与人打官司输光了家产,不得不搬迁。曾祖父生了三个儿子,我爷爷是老二,爷爷的哥哥——我的大爷爷——就是八叔的父亲。父亲这一辈堂兄弟八个,八叔是大爷爷的独生儿子。八叔十七岁时娶了媳妇,那是一九四六年。第二年,为逃避"土地改革",大爷爷一家跑到青岛避难,国民党军队撤退了,八叔失踪了。从此就没了音讯四十多年。"文化大革命"中,学校里曾逼着我们交待八叔的下落,我们如何能知道?后来学校里说八叔在台湾当国民党,要我们划清界限。我们谁也说不准这八叔是死还是活,但他的影子却死死地纠缠着我们,让我们不愉快。

母亲曾对我们说过八叔的模样和形状。在我的印象里,他似乎有一张圆圆胖胖的脸,嗓音有点沙哑,头发黄黄,眼儿细细,很和善的样子。在那些遥远冬天的夜晚,母亲在油灯下做针线活儿,院子里响起了"嚓啦嚓啦"的脚步声……

"老八来了,"母亲抬起头,把缝衣针放到头发上蹭着,对就着灯光看闲书的父亲说,"他走路总不抬脚,费鞋的老祖宗。"

父亲眼不离书,说:"大伯今早晨在药铺里说,年前要给老八娶媳妇。"

母亲悄声问:"听说大伯跟亲家母相好?"

父亲厉声道:"胡说什么你!"

一语未了,八叔推门进来,笑眯眯地问:"大哥大嫂,吵架吗?"嘴里说着话,手早伸到母亲背后去摸我大哥的饼干。母亲说:"老八,你羞不羞,就要娶媳妇的人啦,还抢你侄子的干粮!"八叔嘻嘻地笑着,咀嚼着干粮,呼噜呼噜地说:"没抢他的奶子吃算我客气!"母亲脸红着,骂父亲:"你还不掌他的嘴!"父亲说:"嫂嫂小叔子,亲嘴搂脖子!"母亲骂道:"你们兄弟们,没个正经货!"八叔伸手去摸正在睡觉的我大哥的肚子。母亲说:"老八,你安稳坐着行不行?弄醒了他你抱着!"八叔说:"我抱着我抱着。"一边说着,一边伸出手,脱了那双蒲草编成的大鞋,盘腿上了炕。父亲说:"老八,大伯要给你娶媳妇啦!"八叔乐了。母亲说:"看您得那样,嘴都合不拢了。往后小心着你,再敢油嘴滑舌没正经我就找个人整治你!"八叔说:"她敢!她敢对我扇翅膀,我不打她个皮开肉绽才怪了。"母亲说:"去去去!这才叫'光棍汉打老婆觅汉打驴',等俺那仙女般的弟媳妇一来,早像块糖一样化了!"……

"一眨巴眼就是四十三年……"父亲感慨地说。

"信在哪里?"我问。

"在你小姑姑那里,"父亲说,"你别去要着看啊,怕人哪。"

我说:"现在政策变了,不搞阶级斗争了,怕谁呢?"

母亲晃着花白的头说:"怕你八婶与盼儿知道呗。"说完了这话,母亲嘴边显出了很多皱纹。

立刻,虽然苍老了但依然清清爽爽的八婶就仿佛站在我的面前了。在她的身后,还站着两个小伙子。一个年纪大些,个头矮小,紫红脸膛,两扇大耳朵,唇边生着稀疏的黄胡髭。他就是盼儿。盼儿究竟是不是八叔的亲骨肉,家族中一直有分歧。母亲说盼儿的相貌虽不像八叔,但那沙哑的嗓音却像。听说大爷爷临终前曾放出口风,说盼儿的小姨在青岛与八叔黏糊过一段,盼儿有可能是八叔的种子。八叔的小姨子是一个紫红脸膛的小个女人。站在八婶身后的另一个小伙子身材高大,方脸阔口,仪表堂堂。最引人注目的是他那两只漂亮的大手。他是八婶的私生子,名字叫熬儿。盼儿和熬儿都已娶妻生子,他们的孩子都姓八叔的姓——"管"。

二

第二天上午,大哥也从外地赶回家。吃过午饭,母亲说:"看看你们大奶奶去吧,听说她病得不轻。"

大奶奶家住在东胡同里,原有三间旧草房,后来又在西头接上了两间,一圈土墙围成院落。每年夏秋,土墙上爬满扁豆蔓,一串串紫色的扁豆花盛开着。院子里有一棵梧桐树,树下年年必种一架丝瓜。大爷爷在世时,常坐在树下为人切脉诊病,大奶奶则在旁边搓制梧桐子般大小的黑色丸药。

我跟大哥进了屋子,小姑姑跟我们寒暄了几句。她满脸倦容,说话没有往常那般响亮,那般斩钉截铁,那般滔滔不绝。小姑姑是个能干的女人,她从小跟大爷爷学医,现在也算是乡里的名医,求她的人很多。八叔不在,八婶不见容于公婆，搬回娘家村里居住，赡养老人的事儿实际上全落在小姑姑的肩上。

大奶奶闭着眼躺在炕上，面孔有些浮肿。炕前立着一根支架，架上吊着盐水瓶子，小姑姑正给大奶奶滴注。大奶奶不停地移动插着针头的右手，小姑姑侧身坐在炕沿上，攥住大奶奶的手脖子。说心里话，我对大奶奶没有好感。她过日子太抠，非常贪财，不舍得给人家吃。八婶就是不堪她的虐待才搬走的。有好几次，我去她家，正碰上吃饭，桌上有肉，见我进来，她立刻把肉碗藏到桌子下去。这些小孩子一样的把戏令家族中人人讨厌她，大爷爷也看不惯她。大爷爷曾对我说："你们要来看我，你大奶奶就是那种穷贱毛病，一辈子也改不了。"她已经八十多岁，满头银发，躺在炕上熬着她最后的岁月，无论她从前怎么样地伤过我们的心，我们也没有恨她的理由了。

她的右手被攥住，便把左手抬到胸前，沿着被子边儿摸来摸去。那只生满褐斑的老手宛若一只盲眼的小兽，在嗅着什么味道，仿佛它正在惧怕着什么东西似的。

大奶奶一边摸索着，一边用含糊不清的声音念叨着什么。我们猜到了她的意思。如果真有"心灵感应"之类东西，八叔在台湾一定会心痛吧。毫无疑问，大奶奶是一个非常不幸的母亲。

小姑姑在我们的沉默中红了眼圈，她说：

"你们八叔有信了。"

我说："听俺爹说了。"

小姑姑起身,从柜子里摸出信给我们看。信很简短,没有特别的话,信纸里夹着一张彩照,照片上有一个穿西装扎领带脸庞长大的老男人和一个中年肥胖女人——肯定是第二八婶了——与一男一女两个孩子。这个男人与我想象中的八叔相差太远了。

小姑姑眼泪汪汪地说："你八叔这一辈子不容易……你大爷爷生前算过卦,说你们八叔还在,果然还在呀……你大爷爷一辈子没干过坏事,报应啊……"

小姑姑又给我们说她接到信时浑身都凉了,哭一阵笑一阵。又说把八叔的消息给大奶奶一说,大奶奶把正涮着的碗往锅里一掼——

"放屁,放屁!"大奶奶挥舞着炊帚,脏乎乎的刷锅水淋了小姑姑满脸。她骂了两句,嗓音突然低落,浑浊的老泪涌流着,呢呢喃喃地说,"我没有儿子……一辈子没生过儿子……"

"娘,真是俺哥的信呀!"小姑姑说着,哭着,"您看照片上,俺哥,俺嫂子,这是您孙子,这是您孙女儿……"

大奶奶抬起袖子揉揉眼,把那照片远远地送到光明里,看着看着,擎着照片的胳膊像被利刃斩断的树枝一样折下来,整个人也如同一堵墙向后倒去……

其实是八叔的信要了大奶奶的命。

小姑姑叹息着说:"四十多年,一家人受了多少磨难,最苦命的是我……"

哭够了也说够了,小姑姑用毛巾擦着通红的眼皮,叮嘱我们:"你们八叔有信的事,咱们自家人知道就行了,千万别张扬出去。"

我说:"其实没事,海峡两岸已经开禁,许多老兵都回来探亲了,八叔迟早也要回来。"

大哥踢了我的脚一下,站起来告辞。

走到梧桐树下时,八婶清清爽爽的形象又立刻浮现在我的面前。

三

八叔的婚礼定在腊月十六日举行。那天果然是个好日子,红太阳冒出来时,树上的白霜闪烁出美丽光彩。亲戚们头天就来了,大爷爷家住不下,就挤到我们家。那时候没有我,大哥刚三岁,穿着新衣新帽,在院子里追麻雀。大哥追赶一会儿麻雀,闻到了从大爷爷家飘出来的熟面条味儿和白菜炒猪肉的味儿,看到了乳白色的水蒸气从大爷爷家门上扑出来,弥漫在早晨清新寒冷的空气里。浑身上下放光彩的八叔跑来了,他招呼亲戚们去吃面条——新婚早晨阖家吃面条,并挟走了我大哥。

大哥说八叔结婚那天早晨,前来吃面条的人足有一个连。大奶奶黑着脸站在锅灶旁边,一副极不高兴的样子。

母亲说大奶奶太抠门儿。儿子结婚的大喜事儿,竟擀了些掺红薯的杂面条儿,煮出来黏黏糊糊,像糨糊一样。如果是穷也罢了,明明有十几石麦子在厢屋里囤着,硬是不舍得给人吃。

大哥是我们这一辈里第一个男孩,全家珍贵着,惯出了他很多小性子。大奶奶端给他一碗杂面条,他耍脾气不吃,哭着要白面条吃。大爷爷正在药铺里跟人喝酒,听到大哥的哭声,便带着三分醉意过来,问了几句,明白了端详,双眼立刻发了绿。他狠狠地瞪了大奶奶一眼,骂一声:"狗食!"然后,撩撩袍子弯下腰,端起一盆杂面条,大步走到猪圈外,隔着土墙,把面条倒进猪圈里。大家都被大爷爷给吓愣了。大爷爷只手提盆进屋,将盆往锅台上一掼,对着大奶奶吼叫:"给我重擀!用白面,用最好的白面!"大奶奶一屁股坐在地上,哇哇地哭起来。大爷爷抄起一根擀面杖冲上去,立刻被人们拉住劝说:"大掌柜的,别发火,别发火。"大爷爷用擀面杖指着大奶奶吼叫:"你给我滚起来,要不我休了你!"大奶奶怔了怔,低声嘟哝着什么,从地上爬起来,拍拍腚上的土,斜眼看看大爷爷,依然嘟哝着,走到面缸前,揭了缸盖,一瓢一瓢,往外舀白面,大奶奶的泪珠儿一串串落下。母亲说她是哭她的白面,不是哭别的。

总算打发了众人的肚子,大奶奶又跑到猪圈里去哭。哭什么?哭那盆杂面条儿。大家又好气又好笑,一旁嘀咕着:天底下怕是找不到这号的娘!

正围着猪圈闹哄着,就听到大街上锣声喤喤响,喇叭唢呐声也悠悠地传过来。有人喊:"来了!"于是大家便不再管大奶奶,一窝蜂拥上街头看热闹。远远地望到两乘轿子——一蓝一红——从街那头颤悠悠地飘过来。轿前有一班吹鼓手吹奏着喜庆乐曲,十几个半大孩子高擎着旗牌伞扇,竟有些威风生出来。走近家门时,队伍移动缓慢,轿夫们都双手抱着肩膀头,脚下踩着四方步,显示潇洒姿态。轿杆颤悠悠,轿子如在水上漂流。八叔自己把轿帘掀起来,看外边的人也让外边的人看他。母亲说八叔穿长袍,戴礼帽,披着红,簪着花,坐在轿子里甜蜜蜜地嬉笑。在街上显摆够了,轿子落在大奶奶家门口。我奶奶和三奶奶死拖硬拽把大奶奶从猪圈里揪出来。大奶奶滚了一身猪屎,浑身散出脏气。我奶奶和三奶奶剥皮般为她脱掉脏衣服,又急匆匆地为她换上几件干净衣裳。

我奶奶和三奶奶把大奶奶架出来准备受新郎新娘礼

拜，母亲和四婶把八婶从轿子里搀出来。有调皮男人挤过来挑起裙边看新娘的脚，并喊："好大脚！"母亲说："脚大踩四方！"人群中发出哄笑。大哥说他看到八婶腰间悬挂着一面铜镜，闪闪发光，不知有何讲究。后来才知道这叫做"照妖（腰）镜"，是连同轿子一块赁来，用过即还给人家。

拜天地时，八叔花拳绣腿，好像故意出洋相，逗得人们捂着肚皮笑。拜过天地又拜高堂，大爷爷端坐受礼，满脸威风，一副大人物气派。大奶奶侧着脸，把嘴咕嘟老长，好不高兴的模样。母亲说八婶身上发散着一股甜丝丝的香气，好像新蒸出来的白面馒头。因为这味道，使母亲对八婶充满了好感。母亲感到八婶的手凉森森的，暗暗思忖是什么原因使新人的手这般凉。繁琐的礼节终于进行完毕，母亲和四婶把八婶领到洞房上了炕，盖头红布也在这时揭了。母亲说揭开盖头红布时她吃了一惊。八婶粉红脸皮，细长眉毛，一双漆黑单眼皮儿大眼睛，嘴巴很大，两个嘴角上翘，弯钩月儿样，唇色鲜红，肥肥的。母亲说八婶五官单独看都不是标准的美人零件，但搭配在她那张脸上，却生出别样的雅致别样的光彩。八婶是真正的细高挑儿身材，到老也不见臃肿。她说起话来轻言曼语，脾气温顺，一点也不张狂。八婶在炕上坐定后，大奶奶拉着一张长脸，端上来一张红漆木盘，紧接着上来茶水和点心，点心存放时间太久，有一股霉味儿。母亲说大奶奶一进来，八婶的手指就不知该弯着还是直着，好不自然的样子，大奶奶却恶狠狠地盯着儿媳的脸，好像有深仇大恨。八叔鬼鬼祟祟探进头来，被母亲轰了出去。下边锅灶里不停地烧着火，炕热得烙人。八婶坐的炕头尤其热，母亲看到她不停地挪动屁股，便说："妹妹，垫上条被子吧。"

八婶点头，表示同意母亲的建议。她刚要欠起身来，就听到炕席下一声巨响。八婶从炕头蹦起来，粉脸灰白，挂着清汗珠儿。洞房里硝烟弥漫，母亲和四婶也惊得张嘴结舌。新炕席崩破了一个洞。八婶的屁股也受了点伤。外屋的女眷们闻声赶来，经研究，爆炸物系一外裹牛皮纸、内装黄色炸药和碎玻璃的纸炸炮，一摔、一挤、一压都会响，过年时孩子们摔着玩。按习惯，新媳妇的新炕由大伯子来铺，八婶的炕是父亲铺的。大奶奶一看崭新的炕席被炸破，怒火冲上头。在炕下跳着高儿骂我父亲坏了良心。大伯子不能进入弟媳的房子，父亲站在窗户外大声分辩着。父亲说也许是小孩子把炸炮扔到草垛上，他拉草铺炕时带了进来。大奶奶不依不饶，一口咬定是父亲存心使奸行坏。最后还是大爷爷来为父亲解了围，大爷爷说有点响声比没有响声吉利。母亲说她心如乱麻，仿佛看到了这家人七零八落的下场。

几十年后，八婶苦笑着对父亲说："大哥哟，你也是个好样的，往兄弟媳妇炕头上埋炸弹！"

父亲也苦笑着说："本来是想跟老八开个玩笑的，没想到闹出了大乱子！"

母亲说八婶结婚第二天早晨，大奶奶就从鸡窝口搬来一块捶布石，放在八婶炕前，又拎来一把铁锤，端来一盆沾着点红肉星星的猪骨头，冷冷地说："闲着也是闲着，找点活儿给你干。把这些猪骨头砸成泥，搓萝卜丸子吃。"母亲说大奶奶太刻薄了，新媳妇三日不出洞房不下灶是老辈子传下来的规矩，在她手里竟改了。人家穿着一身绫罗绸缎，你让干点别的也好，可竟让砸肉骨头！母亲和众妯娌去看八婶，一撩门帘，就看到八婶在屋子里边砸骨头边流眼泪，溅起的骨头渣子把她的新衣服都弄脏了。

四

大奶奶病情日渐沉重，看情形是挨不过春节了。八婶早就赶来，在床前日夜守候着。

腊月二十三日，盼儿开着一辆拖拉机来了，说是来接八婶回去"辞灶"。因为大奶奶家那条胡同很狭窄，无法掉转，他便把拖拉机停在我家门口。停车后先到我家，见到我和大哥,他很亲热地笑起来。我以"哥"称呼他,但心里略感别扭。他穿着一件皮大衣,戴着一顶狗皮帽子,手上满是冻疮却没戴手套。

他从大衣口袋里摸出一瓶白酒,说是送给父亲过年喝。父亲推辞着,但还是接了。坐在炕沿上,他抽着烟,雪白的烟卷儿与他乌黑的手形成鲜明的对照。每年春节,他都跟着八婶回来上坟祭祖,一般是年除夕下午来,初二晚上发完"马子"赶回去,年年如此,从不耽搁。可以想象愈老愈古怪的大奶奶如何对待他们,但他们依然来。

我曾经对父亲说,要是我绝不来!图什么?父亲叹息道:还不是为了找个归宿,让外边人看着,知道他们是咱老管家的人,要不两个孩子不就成了野种?我说野种又有什么不好!父亲说:事情不是那么简单,你八婶是个有心计的人。

盼儿闷闷地抽着烟。大家都感到压抑。父亲长叹一声,说:"盼儿,我对你说了吧,你爹有信了。"

闷了半天,盼儿说:"我早就听到风声了,小姑姑也是看差了秤,包着盖着干什么!没有爹我也活了四十多岁。难道下半辈子没有爹我就活不下去了?俺奶奶怎样对待俺娘们,你们也都看到了,都是俺娘痴心,不是为着她,我来这儿干什么?为了那两碗不咸不淡的烂饺子?大伯,您得为俺娘争公道!"

说完,盼儿起身去东胡同看大奶奶,我和大哥把他送到门口,大哥责怪他不戴手套,他笑着说:"越捂越冻。"

五

腊月二十八日下午,大奶奶喘完了最后一口气。父亲和几位叔叔以及我们兄弟都去看大奶奶的遗容。她笔直地躺在炕上,身穿明晃晃的寿衣,脸上蒙着一张黄表纸,屋子里的味道非常难闻。小姑姑和大姑姑——大奶奶的大女儿——拍打着膝盖号哭。大姑夫也来了,倚着门框站着,眼皮飞快地眨巴,一脸的狡猾表情。八婶满脸泪痕,坐在灶前烧水。盼儿和熬儿站在院子里,听着屋里的动静。

父亲与叔叔们商量着大奶奶的后事,选择墓地啦,准备寿材啦,筹办酒席啦,等等事项,都安排了专人负责。最后,在让谁为大奶奶"摔瓦"的事上发生了争执。八叔不在,此事应由盼儿做,几年前大爷爷的瓦也是盼儿摔的,但大姑姑不同意。

父亲有些恼火,问大姑姑:"盼儿不摔谁摔?他是长孙!"

大姑姑撇着嘴说:"他是谁家的长孙?我们家没有他这

个长孙!"

父亲生了气,眉毛吓人地抖动着,厉声说:"大伯去世时,也是盼儿摔的瓦!那时你们怎么没意见?"

大姑夫不阴不阳地说:"此一时彼一时也。"

父亲怒吼:"你姓什么?你姓黄!我们老管家的事你插什么嘴?"

大姑父满脸赤红,背过脸去抽烟。

盼儿说:"大伯,您别为我争,这片瓦,谁摔也行!"

八婶一改往常姿态,大声呵斥盼儿:"小孩子家,插什么嘴!一切听你大伯安排。"

两位姑姑也不再言语,只是把嗓门提高了些,一边号一边叫:"爹呀,娘呀,怎么不等俺哥回来就走了⋯⋯"

八婶突然大放了悲声。我第一次看到八婶失态大哭。

六

腊月二十九日,阖族戴孝,为大奶奶送葬。

天下着小雪,刮着尖溜溜的小北风,非常冷。抬出棺材后,披麻戴孝的人们在棺材后排成拖拖拉拉的一队。大路两边站着看出殡的人群。街当中点着一个火堆。燃烧着大奶奶枕头里的谷糠,暗红色的软弱火苗上,盘旋着几缕乌黑的烟。我们嗅到了一股刺鼻的气味。队伍的最前头,行走着王家大叔,他充任"司事爷",擎着一支招魂幡引路,幡竿上的白色纸条在寒风中索啰啰地响着。我和大哥搀着盼儿,走在棺材前。盼儿身披重孝,右手持一根柳木哀杖,左手拎着一个新瓦盆,他没有哭。在王大爷的引导下,我们架着盼儿走到火堆前。火堆前摆着一块青砖。在女眷们唱歌一般的哭声里,盼儿举起瓦盆,对准青砖摔下去——瓦盆摔不破不吉利——因此才放了青砖——很少发生摔不破的情况——盼儿似乎很用了力气,但那青灰色的瓦盆却从青砖上蹦起来,在空中翻了几个筋斗,竟完整无损地落在地上。我看到盼儿脸上出现了痴痴迷迷的神情。王大爷敏捷地转回头来,对着我们挤鼻子弄眼扮怪相。我茫然失措,旁顾大哥,大哥麻木不仁。忽听到王大爷压低嗓音说:"踩!踩!踩破它!"我抬脚去踩瓦盆时,大哥脚踩在了我的脚上。瓦盆破了。毫不费力它就碎成了若干片,但盼儿在青砖上却没摔碎它。

墓地离村庄不远,一会儿就到了。大爷爷的墓已被启开,贴着那具尚未腐烂的棺材又凿出了一个大窟窿,大奶奶将与大爷爷地下相会。哭丧的人都散在墓穴四周,大睁着眼,看着十几个男人小心翼翼地把大奶奶的棺材往墓穴里放。天气寒冷,人手半僵,吊棺材的绳子上结着滑溜溜的冰,所以尽管小心翼翼,大奶奶的棺材还是很沉重地跌进了墓穴。棺材带下去的冻土把安放在墓穴里的豆油灯砸翻了。

大姑姑号哭起来:"娘哇,娘哇,跌坏你的骨头啦……"一边哭着,一边装腔作势地要往墓穴里跳。几位女亲眷拽着胳膊把她拉到一边去。王大爷一挥手,冻得鼻子通红的男人们便匆忙铲起冻土,扔下墓穴去。大奶奶的棺材在冻土的打击下发出空空洞洞的响声。

回来的路上,人们都缩着脖子,侧着脸,不敢面对那小刀子般的东北风。八婶与她的两个儿子和抱着孩子的儿媳妇走在一起。当所有的人都为躲避寒冷匆匆走动时,八婶一家人簇成一团,缓缓地行走,寒风挟着雪粒儿,啪啪地抽打着他们的面颊。

七

傍晚时,雪愈下愈大,我们劝八婶留一夜,她执意要走。于是,我们看到她一家人互相拉扯着翻过河堤,被纷飞的雪团模糊了身影。

夜里十点钟,我们一家人围着火炉,听父亲和母亲杂乱无章地讲述着家族中的往事。母亲说八叔失踪后,大爷爷被民兵从青岛抓回来,关押在乡政府里。八婶提着竹篮子一天三次送饭。大爷爷关了三个月,八婶送了三个月。于是大家都认为八婶是好样的,她理应受到家族的尊重而不是歧视。正说着话,就听着大门被拍得暴响,大家都有些吃惊。

我出去开了大门,一个人踉踉跄跄扑进来。随后,两根黄黄的手电筒光芒照出了一片世界,雪花在光里飞舞着,犹如翩翩飞蛾。持手电的是盼儿和憨儿,八婶已经走进屋里来了。

八婶指着盼儿骂:"这鳖蛋,他爹有信了也不早跟我说!"

她的真情实意令人感动。没掸净的雪花儿在她头发上融成亮晶晶的水珠儿,灯光里八婶的上翘嘴角已经变成了下垂的月牙儿了。

她说:"大哥,你陪我去找他小姑姑,让我看看他爹的信和照片。"

父亲想了想,对我和大哥说:"你们陪着八婶去吧,劝劝你小姑姑。"

好不容易才让小姑姑开了门。屋里灯光明亮,照着大姑姑那张酷肖大奶奶的脸和大姑夫那张猥琐的脸。他们用敌意的目光看着我们。桌子上,有两大捆黄色的线装书,我知道这是大爷爷的医书,而且我还知道这两捆书将被贪啬成性的大姑夫提走。

八婶开门见山地说:"他小姑,把你哥的照片拿给我看看。"

小姑姑不满地瞟了我们一眼,冷冷地说:"没有!"

八婶的身体晃了一下,两个嘴角抖颤起来。

盼儿说:"娘,回去吧!什么宝贝物似的,我没有爹!"

八婶扇了盼儿一巴掌,骂道:"畜生!"

盼儿捂着脸嚷起来:"你有点志气好不好?俺爹不是好东西,他在外边穿西装扎领带娶老婆生孩子,早把你忘了!你痴心!"

八婶尖利声叫着:"我就是痴心!男人娶小老婆古来就有,她为小,我为大!"

我和大哥把盼儿拉开了。

八婶说:"他小姑,咱姑嫂俩也混了四十多年了,你说我什么地方失过礼?爹生日孩儿满月,婚丧嫁娶,打墙盖屋,我没落漏过一次,我生是老管家的人死是老管家的鬼,走到天边你哥也是我的男人!"

大姑姑冷冷一笑,说:"好一节妇烈女,该给你树块牌坊了!"她指着鳌儿问:"你说,他是哪来的?"

八婶脸色煞白,泪水在眼里打转儿。

八婶呜咽着说:"我是有错处……但你们想想:他爹走时我才十九岁!后来又背上了地主分子帽子……要吃,要活……我是没法子……"

大哥说:"小姑,小姑,八叔不容易,八婶也不容易,大家都活得不容易,到了今日,都该宽容。八婶没改嫁,从法律上讲她依然是八叔的妻子,所以,八婶的要求不过分。"

小姑姑犹豫了一下,说:"给你看可以,但不准你和盼儿写信要美元!"

八婶激动地说:"妹妹,你放心,有朝一日你哥回来,送给我万两黄金我也不要!我只要他这个人。"

"那好,"小姑姑说,"你红嘴白牙发了誓,大家都听清楚了。"

小姑姑把信拿出来,递给八婶。

八婶接过信,那张苍老的大嘴难看地歪斜着。照片捧在八婶手里时,那张信笺像一片大雪花落了地。窗户上的纸被雪片打得嚓嚓响着,夜愈深了。好久,八婶挺直了腰,把照片还给小姑姑,用袄袖子擦擦眼,转身对盼儿说:"走吧,回家去,熬儿呢?"

1988 年

爱情故事

那年秋天,队长分派十五岁的小弟与六十五岁的郭三老汉去摇水车。摇水车干什么?车水。车水干什么?浇大白菜。看水道的是一个名叫何丽萍的女知青,年纪在二十五岁左右。

立秋之后,大白菜必须每天上水,否则就要烂根。派活时队长说了,让他们三个不必每天早晨来等待派活,吃过饭去浇白菜就行了。

他们吃过饭就去浇菜,从立秋浇到霜降。当然,他们并不是一直不停地浇水,他们也干些别的事,譬如给大白菜施肥,给大白菜抓虫,用红薯秧把耷拉在地上的白菜叶子拢起来捆住,等等。他们每天都休息四次,每次半小时左右。女知青何丽萍有一块手表。节气到了霜降,地温变低,大白菜卷成了球形,浇水工作结束了。

他们把水车卸下来,用板车拖到生产队场院里交待给保管员,保管员粗粗检查一下就让他们走了。

第二天,他们吃过早饭后就到铁钟下边等着队长重新派活。队长分配郭三套牛去耕豆茬地,分配小弟去补种田边地角上的小麦。何丽萍问:"队长,我干什么?"队长说:"你跟小弟一起去补种小麦,你刨沟,他撒种。"

有一个滑稽社员接过队长的话头跟小弟逗趣:"小弟你看准了何丽萍的沟再撒种,可别撒到沟外边去啊。"

众人哄笑起来,小弟感到心在胸膛里怦怦跳,偷眼看何丽萍时,发现她板着脸,好像很不高兴。小弟心里立刻难过起来。他骂那逗趣的社员:"老起,操你妈!"

白菜地在村子东头,紧傍着一个大池塘。塘里蓄积着很多雨水,水里生长了很多藻菜和苔藓,池水显得碧绿、深不可测。生产队把白菜地选在这里,主要是想利用池塘里的水浇灌。井里的水当然也可以浇灌,但不如池塘里的水效果好。水车凌空架在池塘上,像一个水上亭阁。小弟和郭三老汉脚踩着颤悠悠的木板,每人抓住一个水车的铁柄,你上我下,吱吱扭扭不停地车着水。从立秋至霜降,没有落过一次雨,几乎每天都是蓝天如洗,阳光明媚。无论有风没风,池塘里的水都很平静。天上有白云时,池塘里也有白云,池塘里的云比天上的云还要清晰。小弟有时候看云看痴了,竟忘了摇动手中的铁柄。郭三老汉丧气地吼一声:"小弟!睡着了吗?!"池塘的北头有像炕席那么大的一片芦苇。孤零零的那么一点芦苇,显得很不真实。芦苇一天比一天变黄,黄的苇叶被初升的太阳和西斜的太阳照耀着时,好像镀了金子。如果那只遍身通红的、奇异的大蜻蜓落在一片金苇叶上时,池水、芦苇、蜻蜓就成了一幅画。还有十几只鸭七八只鹅都是雪白的,在绿水里游来游去。那两只长脖子的公鹅有时趴在母鹅背上,有时趴在母鸭背上。公鹅这样做时小弟往往发呆,一发呆又忘了摇动水车的铁臂,于是,小弟又遭到郭三老汉的训斥:"想什么呢?"小弟慌忙把眼从鹅鸭身上撤下来,加倍用力地摇动水车。在哗哗啦啦的水车链条抖动声中和哗哗啦啦的水声里,他听到郭三老汉说:"毛儿还没扎全个小公鸡,也想起好事来了!"小弟感到羞愧。那只在池塘上飞来飞去的红色美丽蜻蜓,被郭三老汉命名为"新媳妇"。

何丽萍身材很高,比郭三老汉还高。她会武术,据说曾随着中国少年武术队到欧洲表演过。人们经常为何丽萍惋惜,要不是"文化大革命",她肯定能成个大气候。她家里成分不好,有人说她父亲是资本家,也有人说是走资派。走资派和资本家没有多少区别,所以谁也不愿深究。反正大家都知道何丽萍出身不好。

何丽萍不爱说话,村里人都说她老实。与她一起下来的知青上学的上学,就工的就工,回城的回城,就闪下了一个何丽萍。大家都知道她受了家庭出身的拖累。

何丽萍的武术只显过一次相，那还是她刚插队来村里时。那时小弟只有八九岁。那时村里经常组织毛泽东思想宣传会。知识青年们能说会唱，还有会吹口琴、吹笛子、拉胡琴的。那时候村子里显得特别热闹，社员们白天劳动，晚上闹革命。小弟感觉到那时候像过大年一样天天热闹得够数。有一天晚上跟很多天晚上一样，吃过晚饭大家都出来革命。迎面一个土台子，台子上栽两根柱子，柱子上挂两盏汽灯。知青们在台上又拉又唱，小弟记得，忽然那个报幕的小知青说：贫下中农同志们，伟大领袖毛主席教导我们说：枪杆子里面出政权！下面请看何丽萍的武术表演："九点梅花枪"！

　　小弟记得大家像疯了一样鼓掌，就等着何丽萍出来。一会儿何丽萍出来了。她穿着一身红色的紧身衣服，脚上穿着白色胶鞋，头发盘在头上。年轻的小伙子在议论着她的紧绷绷鼓起的乳房。有说是真的，有说是假的，说假的那个人还说何丽萍的胸膛上扣着两个塑料碗。她手持一杆红缨枪站在台中亮了一个相。她挺胸抬头，两只眼黑晶晶的，十分光彩。然后抖抖枪杆，刷刷刷一溜风地耍起来了。耍到那要紧处，只见得台子上一片红影子晃眼，哪里去看清她的身腰动作？后来她收住势，手拄长枪定定地站在台上，好像一炷凝固的红烟。台下鸦雀无声好一阵，众人如梦方醒，有气无力地鼓起掌来。

　　这一夜村里的年轻人都失眠了。

第二天,在地头上休息的社员们七嘴八舌地议论着耍枪的何丽萍和她的"九点梅花枪"。有的说这丫头的枪术是花架子,好看但不实用;有的说枪耍得像风一样快,三五个人近不了身,还要怎么实用?有的说要找上这么个老婆可就倒了霉了,等着挨揍就行了,这丫头注定是个骑着男人睡觉的角色,什么样的车轴汉子也顶不住她一顿"九点梅花枪"戳。往后的议论就开始下道了。那时小弟跟着大人们干活,听到这些话时心里有点不好意思又有点气愤。

何丽萍的"九点梅花枪"只耍了一次就耍不成了,据说是被人告到公社革命委员会里,公社里说:枪杆子应该握在根红苗正的革命接班人手中,怎么能握在黑五类的后代手中呢?

何丽萍不爱说话,每天垂头丧气地跟着社员们劳动。当所有的知青都插翅飞走时,她显得很孤单,大家都对她同情起来。队长再也不派她重活干。没有人想到她该不该找对象结婚的事。村里的小青年大概还记得她的枪术的厉害,谁也不敢去找她的麻烦。

有一天她悬空坐在水车的踏板上望着池塘里的绿水发愣时,小弟坐在池塘的边上,目不转睛地看着她。她的脸很黑,鼻梁又瘦又高,眼睛里黑黑的几乎没有白,两道眉毛向鬓角斜飞去,左边那道眉毛中间有一颗暗红色的大痦子。她的牙很白,嘴挺大,头发密匝匝的,小弟看不到她的头皮。那天她穿着一件洗得发白了的蓝华达呢军便装,没扣领扣,露出一节雪白的脖颈和一件内衣的花边,再往下一看,小弟慌忙转头去看在白菜地上飞舞着的两只蝴蝶。他看不见蝴蝶,他脑子里牢牢地记住了何丽萍的两只乳房把军便装的两只口袋高高挺起的情景。

郭三老汉不是个正经的庄稼人,小弟听人说郭三年轻时在青岛的妓院里当过"大茶壶"。"大茶壶"是干什么的呢?小弟不知道,也不好意思问人家。

现在郭三没老婆,光棍一人过活,村里人都说他跟李高发老婆相好。李高发的老婆梳着一个光溜溜的飞机头,一张白白的大脸,腚盘很大,走起路来一拽一拽的,像只鸭子。她的家离池塘不远,小弟和郭三踏着木板摇水车时,一抬头就能望到李家的院子。她家养了一条黑色的大狗,很厉害。

他们浇白菜浇到第四天时,李家的女人挎着个草筐子到池塘边上来了。她磨蹭磨蹭就磨蹭到水边上来了。她"咯咯咯咯"地在水车旁边笑。

她笑着对郭三说:"三叔,队长把美差派给你了。"

郭三也笑嘻嘻地:"这活儿,看着轻快,真干起来也不轻快,不信你问小弟。"

连摇了几天水车,小弟也确实感到胳膊有点酸痛。他咧嘴笑了笑。他看到李家女人那油光光的飞机头,心里感到很别扭。他厌恶她。

李家女人说:"俺家那个瘸鬼被队长派到南山采石头去了,

带着铺盖,一个月才能回来……你说这队长多么欺负人,有那么多没家没业的小青年他不派,单派俺那个瘸鬼!"

小弟看到郭三的小眼睛紧着眨巴,听到他喉咙里挤出干干的笑。郭三说:"队长是瞧得起你呢!"

"呸!"李家女人愤愤地说,"那匹驴,他就是想欺负俺!"

郭三老汉不说话了。李家女人伸了个懒腰,仰着脸眯着眼看太阳,她说:"三叔,半晌午了,您该歇歇了。"

郭三打着手罩望了望太阳,说:"是该歇歇了。"他松了水车把,对着菜地喊:"小何,歇会儿吧!"

李家女人说:"三叔俺家那条狗这几天不吃食,您去看看是怎么回事?"

郭三看了一眼小弟,说:"你先走吧,我抽袋烟再去。"

李家女人边走边回头说:"三叔,您快点呀!"

郭三好像不耐烦地说:"知道了知道了!"他拿出烟荷包和烟袋,突然用十分亲切的态度问小弟:"小伙子,你不抽一袋?"

但他却把装好烟的烟斗插进自己嘴里去了。小弟看到他点着烟站起来,用拳头捶打着腰,说:"人老了,干一会儿就腰疼。"

郭三老汉尾随着李家女人走了。小弟不去看他们,回头往白菜地里看,何丽萍正拄着铁锹站在畦埂上一动不动。小弟心中感到很难过,被水车的皮垫搅浑了的池水里泛上来一股腥腥的淤泥味,仿佛渗进了他的牙缝里。水车的铁管里空

143

空一响,车链子响了几声,车把子倒转几下,被吸到铁筒里的水又回到池塘里,然后水车便安静了。

小弟看到水车把上的锈已经被自己的手磨光了。他坐在木板上,两条腿耷拉着。太阳很好,菜畦里的水还在缓缓流动着,并放出碎银子般的光芒。所有的白菜都停止不动,菜地尽头高耸的河堤也静止不动,堤上的柿子树也静止不动,有几片柿叶已经显出鲜红的颜色。小弟往西一望,正望到郭三静悄悄地走进李家的院落,那条大黑狗只叫了一声,便驯服地摇起尾巴来。郭三老汉跟狗一起钻到屋里去了。李家的篱笆上有一架扁豆,开放着很多紫色的花。池塘里的水被撩动了,鸭和鹅一齐叫,并用翅膀打水。那只长颈的白公鹅把一只母鸭压到水里去了,那母鸭在水里驮着公鹅游动。小弟跳到菜地边上,抓起一团团的泥巴,打击着那只公鹅。泥巴太软,不及到水就散开了,绿水被散乱的黄泥土打得刷刷响,公鹅依然骑在母鸭背上,在水中急速地游动。

小弟感到一种从未体会过的感觉。他身上很冷,池塘里的水汽使他的肌肤上生出一些鸡皮疙瘩。他的腰不敢直起来,撑起的单裤使他感到耻辱。而这时,何丽萍沿着畦埂朝水车这边走来了。

何丽萍在一步步逼近,小弟坐在了地上。他突然发现何丽萍高大了许多,而且她的头发上闪烁着一种金黄色的光芒。小弟的心脏噗噗地乱跳着,牙齿止不住地打起架来。他把手放到膝盖上,又移到脚背上。最后他挖起一块泥巴用力捏着。

他听到何丽萍问:"郭三老汉呢?"

他听到自己颤抖着说:"到李高发家去啦。"

他听到何丽萍走到木板上,还听到她向池水中吐唾沫。他偷偷地抬头,发现何丽萍出神地望着池塘中的鹅鸭们。何丽萍的上身伏在水车上望着池塘中的鹅鸭,何丽萍的屁股便翘了起来。小弟恐惧极了。

后来,何丽萍问他多大了,他说十五了。何丽萍问他为什么不读书,他说不愿上了。

小弟满脸是汗,站在何丽萍面前。何丽萍嘻嘻地笑起来。于是小弟更不敢抬头了。

从那天起,郭三老汉每天都要去李高发家为黑狗治病,何丽萍也过来跟小弟说话。小弟不紧张了,不流汗了,也敢偷偷地看何丽萍的脸。他甚至闻到了何丽萍身上的味道。

有一天天很热,何丽萍脱下蓝制服,只穿着一件粉红色的衬衣,小弟看到她衬衣里边那件小衣服的襻带和纽扣,他幸福得直想哭。

何丽萍说:"你这个小混蛋,看我干什么?"

小弟脸顿时红了,但他大着胆子说:"看你的衣裳!"

何丽萍酸酸地说:"这算什么衣裳,我的好衣裳你还没看见呢!"

小弟红着脸说:"你穿什么都好看。"

何丽萍说:"你还挺会奉承人呢!"

她说:"我有一件红裙子,跟那柿子叶一样颜色。"

他和她都把目光集中到河堤半腰那棵柿子树上。已经下了几场霜,柿子叶在阳光照耀下,红成了一团火。

小弟飞跑着去了。他爬到柿子树上,折下了一根枝子,枝子上缀着几十片叶子,都红得油亮。有一片被虫子咬坏了的叶子,小弟把它摘下来扔掉了。

他把这一枝红叶送给何丽萍。何丽萍接了,用鼻子嗅着柿叶的味道,她的脸也许是被红叶映得发红。

小弟为何丽萍摘红叶的情景被郭三看到了。摇着水车时,郭三老汉嘻嘻地怪笑着问小弟:"小弟,我给你当个媒人吧!"

小弟满脸通红说:"我才不要呢!"

郭三说:"小何真不错,奶子高高的,腚盘宽宽的。"

小弟说:"你别胡说……人家是知青……人家比我大十岁……人家个子那么高……"

郭三说:"这算什么!知青也知道干那事舒坦!女大十岁不算大。女的高,男的矬,两个奶子夹着脖,那才是真恣咧!"

郭三一席话把小弟说得浑身滚烫,屁股扭动。

郭三说:"雀儿都竖起来了,不小了。"

从这天起,郭三不停地说那些事给小弟听,小弟也忍不住地问郭三当"大茶壶"的事,郭三就把妓院里的事详细地说给小弟听。

小弟摇着水车老走神,何丽萍的影子在他眼前晃动着。郭三看着小弟这模样,便用更加淫荡的话挑逗他。

小弟哭着说:"三大爷,您别说这些事给我听了……"

郭三说:"傻瓜蛋!哭什么,找她去吧,她也痒痒着呢!"

有一天中午,小弟去生产队的菜地里偷了一个红萝卜,放到水里洗净,藏在草里,等何丽萍来。

何丽萍来了,郭三老汉还没有来。小弟便把红萝卜送给何丽萍吃。

何丽萍接过萝卜,直着眼看了一下小弟。

小弟不知道自己的模样。他头发乱糟糟的,沾着草,衣服破烂。

何丽萍问:"你为什么要给我萝卜吃?"

小弟说:"我看着你好!"

何丽萍叹了一口气,用手摸着萝卜又红又光滑的皮,说:"可你还是个孩子呀……"

何丽萍摸了摸小弟的头,提着红萝卜走了……

小弟和何丽萍去很远的地里补种小麦。因为地头上要回转牲口,总有些空闲种不上。他们来到一块高粱地茬。早种的小麦已经露出了苗儿。高粱秸子耸成一个大垛堆在地头上。这时候已经是深秋了,天气有些凉了。何丽萍和小弟种了一回麦子,便躲在高粱秸垛前,晒着太阳休息。阳光又美丽又温暖地照射着他们,收获后的田野一望无际,一个人影也没有,只有几只鸟儿在天上唧唧喳喳地叫着。

何丽萍放倒了几捆高粱秸,背倚着高粱秸垛,舒适地仰起来。小弟站在一旁看着她。她的脸闪闪发光,眼睛眯着,湿润的嘴微张着,露出洁白的牙齿。

小弟感到浑身发冷,他感到嘴唇僵硬,喉咙好像被人扼住了似的。他困难地说:"……郭三跟李高发的老婆干那种事儿,……每天都去……"

何丽萍眯着眼,脸上的微笑闪闪发光。

"……郭三骂你哩……他说你……"

何丽萍眯着眼,身体摆成一个大字。

小弟往前挪了一步,说:"……郭三说你也想那种事……"

何丽萍望着小弟微笑。

小弟蹲在何丽萍身边,说:"郭三要我大着胆子摸你……"

何丽萍微笑着。

小弟呜呜地哭起来,他哭着说:"……姐姐,姐姐,我要摸你了……我想摸你了……"

小弟的手刚刚放在何丽萍的胸膛上,整个人就被她的两条长腿和两只长胳膊给紧紧地盘住了……

第二年,何丽萍一胎生了两个小孩。这件事轰动了整个高密县。

夜渔

经过很长时间的缠磨,九叔终于答应夜里带我去拿蟹子。那是六十年代中期。每年都涝,出了村庄二里远,就是一片水泽。

吃过晚饭后,九叔带我出了村。临行时母亲一再叮嘱我要听九叔的话,不要乱跑乱动,同时还叮嘱九叔好好照看着我。九叔说,放心吧嫂子,丢不了我就丢不了他。母亲还递给我们两张葱花烙饼,让我们饿了时吃。我们披着蓑衣,戴着斗笠。我拎着两条麻袋,九叔提着一盏风雨灯,扛着一张铁锹。出村不远,就没了道路,到处都是稀泥浑水和一棵棵东倒西歪的高粱。幸好我们赤脚光背,不在乎水、泥什么的。

那晚上月亮很大,不是八月十四就是八月十六。时令自然是中秋了,晚风很凉爽。月光皎洁,照在高粱间的水上,一片片烂银般放光。吵了一夏天的蛙类正忙着入蛰,所以很安静。我们拖泥带水的声音显得很大。感到走了很长很长时间,才从高粱地里钻出来。爬上了一道堰埂,九叔说这就是河堤,是下栅子捉蟹的地方。

九叔脱了蓑衣摘了斗笠,又脱掉了腰间那条裤头,赤裸裸一丝不挂,扛着铁锹跳到那条十几米宽的河沟里去,铲起大团的盘结着草根的泥巴截流。河沟里的水约有半米深,流速缓慢。一会儿工夫九叔就在河水中筑起了一条黑色的拦水坝,靠近堰埂这边,开了一个两米的口子,插上双层的高粱秸栅栏。九叔把马灯挂在栅栏边上,便拉我坐在灯影之外,等待着拿蟹子。

我问九叔,拿蟹子就这么简单吗?

九叔说你等着看吧,今夜刮的是小西北风,北风响,蟹脚痒,洼地里蟹子急着到墨水河里去集合开会,这条河沟是必经之路,只怕到了天亮,捉的蟹子咱用两条麻袋都盛不下呢。

堰埂上也很潮湿,九叔铺下一件蓑衣,让我坐上去。他裸着身体,身上的肉银光闪闪。我觉得他很威风,便说他很威风。他得意地站起来,伸胳膊踢腿,像个傻乎乎的大孩子。

九叔那年十八岁多一点,还没娶媳妇。他爱玩又会玩,捕鱼捉鸟,偷瓜摸枣,样样都在行,我们很愿意跟他玩。

折腾了一阵,他穿上那条裤头,坐在蓑衣上,说,不要出动静了,蟹子们鬼得很,听到动静就趴住不爬了。

我们安静了,一会儿盯着那盏放射出温暖的黄色光芒的马灯,一会儿盯着那个用高粱秆栅栏结成的死城。九叔说只要螃蟹爬到栅栏里就逃脱不了了,我们下去拿就行了。

河水明晃晃的,几乎看不出流动,只有被栅栏阻挡起的簇簇小浪花说明水在流动。蟹子还没出现,我有些着急,便问九叔。他说不要心急,心急喝不了热黏粥。

后来潮湿的雾气从地上升腾起来,月亮爬到很高的地方,个头显小了些,但光辉更明亮,蓝幽幽的,远远近近的高粱地里,雾气团团簇簇,有时浓有时淡,煞是好看。水边的草丛中,秋虫响亮地鸣叫着,有嚁嚁的,有吱吱的,有唧唧的,汇合成一支曲儿。虫声使夜晚更显得宁静。高粱地里,还时不时地响起哗啦啦的蹚水声,好像有人在大步走动。河面上的雾也是浓淡不一,变幻莫测,银光闪闪的河水有时被雾遮盖住,有时又从雾中显出来。

蟹子们还没出现,我有些焦急了。九叔也低声嘟哝着,起身到栅栏边上去查看。回来后他说:怪事怪事真怪事,今夜里应该是过蟹子的大潮呀,又说西风响蟹脚痒,蟹子不来出了鬼了。

九叔从河边的一棵灌木上,摘下一片亮晶晶的树叶,用双唇夹着,吹出一些唧唧啾啾的怪声。我感到身上很冷,便说:九叔,你别吹了,俺娘说黑夜吹哨招鬼。九叔吹着树叶,回头看我一眼。他的目光绿幽幽的,好生怪异。我心里一阵急跳,突然感到九叔十分陌生。我紧缩在蓑衣里,冷得浑身打战。

九叔专注地吹着树叶,身体沐在愈发皎洁的月光里,宛若用冰雕成的一尊像。我心中暗自纳闷:九叔方才还劝我不要出动静,怕惊吓了蟹子,怎么一转眼自己反倒吹起树叶来了呢?难道这是一种召唤蟹子的号令?

我压低嗓门叫他:"九叔,九叔。"他对我的叫唤毫无反应,依然吹着树叶,唧唧啾啾吱吱,响声愈发怪异了。我慌忙咬了一下手指,十分疼痛,说明不是在梦中。伸出手指去戳了一下九叔的脊背,竟然凉得刺骨。这时,我真正有些怕了,我寻思着要逃跑,但夜路茫茫,泥汤浑水高粱遍野,如何能回到家?我后悔跟九叔捕蟹子了。这个吹着树叶的冰凉男人也许早已不是九叔了,而是一个鳖精鱼怪什么的。想到此,我吓得头皮发炸,我想今夜肯定是活不回去了。

天上不知道何时出现了一朵黄色的、孤零零的云,月亮恰好钻了进去。我感到这现象古怪极了,这么大的天,月亮有的是宽广的道路好走,为什么偏要钻到那云团中去呢?

清冷的光辉被阻挡了。河沟、原野都朦胧起来,那盏马灯的光芒强烈了许多。这时,我突然嗅到一股淡淡的幽香。幽香来自河沟,沿着香味望过去,我看到水面上挺出一枝洁白的荷花。它在马灯的光芒之内,那么水灵,那么圣洁,我们家门前池塘里盛开过许许多多荷花,没有一枝能比得上眼前这一枝。

荷花的出现使我忘记了恐惧,使我沉浸在一种从未体验过的洁白清凉的情绪中。我不知不觉地站起来,脱掉蓑衣,向荷花走去。我的腿浸在温暖的水中,缓缓流淌的水轻轻抚摸着我的大腿,我感到快要舒服死了。离荷花本来只有几步路,但走起来却显得特别漫长。我与荷花之间的距离仿佛永远不变,好像我前进一步,它便后退一步。我的心处于一种幸福的麻醉状态,我并不希望采摘这朵荷花,我希望永远保持着这种荷花走我也走的状态,在这种缓慢的、有美丽的目标的追随中,温暖河水的抚摸,给了我终身难忘的幸福体验。

后来,月亮的光辉突然洒满河道,一瞬间,我看到它颤抖两下,放射出几道比闪电还要亮的灼目白光,然后,那些宛若玉贝雕琢成的花瓣纷纷落下。花瓣打在水面上,碎成细小的圆片,旋转着消逝在光闪闪的河水中,那枝高挑着花瓣的花茎,在花瓣凋落之后,也随即萎靡倾倒,在水面上委蛇几下,化成了水的波纹……

我不知不觉中眼睛里流淌出滚滚的热泪,心里充满甜蜜的忧伤。我心中并无悲痛,仅仅是忧伤。眼前发生的一切,宛若一个美丽的梦境。但我正赤身站在河水中,水淹至我的心脏,我的心脏的每一下跳动都使河水轻轻翻腾,水面上泛起涟漪。荷花虽然消逝了,但清淡的幽香犹存,它在水面上漂漾着,与清冽的月光、凄婉的虫鸣融为一体……

一只有力的大手抓住我的脖颈把我提出水面,水珠一串串，像小珍珠，从我的胸膛、肚腹、蚕蛹大的小鸡鸡上，滴溜溜地滚落到水面上。我听到河水被两条粗壮的大腿蹚开，发出哗啦啦的巨响。随后，我的身体被抛掷起来，在空中翻了一个筋斗，落在蓑衣上。

我想一定是九叔把我从河中提上来，但定睛一看，九叔端坐在堰上，依然那么专注痴迷地吹着树叶，没有一丝一毫移动过的迹象。

我大叫了一声：九叔！

九叔叼着树叶，回头看了我一眼，那目光完全是陌生人的目光，并且那目光中还透出几分愠恼，好像嫌我打扰了他的吹奏。有了下河追随荷花的经历，恐惧竟离我而去，我已不太在乎九叔是人还是鬼，他似乎只是一个引我进入奇境的领路人，目的地到达，他的存在也就失去了意义。这样想着，他吹奏树叶的声音也由鬼气横生变得婉转动听了。

马灯的昏黄光芒向我提示，我们是来捉螃蟹的。一低头，一抬头，就看到成群结队的螃蟹沿着高粱秸栅栏往上爬。螃蟹们的个头很整齐，都有马蹄般大小，青色的亮盖，长长的眼睛，高举着生满绿毛的大螯，威风又狰狞。我生来就没见过这么大、这么多的螃蟹集中在一起，心里又兴奋又胆怯。戳九叔，九叔不动。我很有些愤怒，螃蟹不来，你着急；螃蟹来了，你吹树叶，要吹树叶何必半夜三更跑到这里来吹？我又一次感到九叔已经不是九叔。

一只软绵绵的手摸我的头颅,抬头一看,竟是一个面若银盆的年轻女人。她头发很长、很多,鬓角上别着一朵鸡蛋那么大的白色花朵,香气扑鼻,我辨不出此花是何花。她满脸都是微笑,额头正中有粒黑痣子。她身穿一袭又宽又大的白色长袍,在月光中亭亭玉立,十分好看,跟传说中的神仙一模一样。

她用低沉甜美的声音问我:"小孩,你在这里干什么呀?"

我说:"我在这里捉螃蟹呀。"

她咻咻地笑起来,说:"这么个小东西,也知道捉螃蟹?"

我说:"我跟我九叔一块儿来的,他是我们村里最会捉螃蟹的人。"

她笑着说:"屁,你九叔是天下最大的笨蛋。"

我说:"你才是笨蛋呢!"

她说:"小东西,我让你看看我是不是笨蛋。"

她回手从身后拖过一根带穗的高粱秆,往河沟中的两道栅栏间一甩,那些青色的大螃蟹就沿着秆儿飞快地爬上来。她把高粱秆的下端插进麻袋,那些螃蟹就一个跟着一个钻到麻袋里去了。瘪瘪的麻袋很快就鼓胀起来,里边嘈杂着万爪抓搔、千嘴吐泡沫的声音。一只麻袋眼见着满了,她从脚前揪下一根草茎,三绕两绕,把麻袋口缝住了。另一只麻袋也很快满了,她又用一根草茎封了口。

"怎么样?"她得意地问我。

我说:"你一定是个神仙!"

她摇摇头,说:"我不是神仙。"

"那你一定是个狐狸!"我肯定地说。

她大笑着说:"我更不是狐狸。狐狸,多丑的东西,瘦脸、长尾、满身的脏毛、一股子狐臊气。"她把身体凑上来,说:"你闻闻,我身上有臊气没有?"

我的脸笼罩在她的那股浓烈的香气里,脑袋有些眩晕。她的衣服摩擦着我的脸,凉凉的,滑滑的,十分舒服。

我想起大人们说过的话,狐狸能变成美女,但尾巴是藏不住的。便说:"你敢让我摸摸你的屁股吗?要是没有尾巴,我才相信你不是狐狸。"

"咦,你这个小东西,想占你姑奶奶的便宜吗?"她很严肃地说。

"怕摸你就是狐狸。"我毫不退让地说。

"好吧,"她说,"让你摸,但你的手要老实,轻轻地摸,你要弄痛了我,我就把你摁到河里灌死。"

她掀起裙子,让我把手伸进去。她的皮肤滑不溜秋,两瓣屁股又大又圆,哪里有什么尾巴?

她回过头来问我:"有尾巴没有?"

我不好意思地说:"没有。"

"还说我是狐狸吗?"

"不说了。"

她用手指在我脑门上戳了一下,说:"你这个又奸又滑的小东西。"

我问:"你既不是狐狸,又不是神仙,那你究竟是什么?"

她说:"我是人呀。"

我说:"你怎么会是人呢?哪有这么干净,这么香,这么有本事的人呢?"

她说:"小东西,告诉你你也不明白。二十五年后,在东南方向的一个大海岛上,你我还有一面之交,那时你就明白了。"

她把鬓角上那朵白花摘下来让我嗅了嗅,又伸出手拍拍我的头顶,说:"你是个有灵气的孩子,我送你四句话,你要牢牢记住,日后自有用处:镰刀斧头枪。葱蒜萝卜姜。得断肠时即断肠。榴梿树上结槟榔。"她的话还没说完,我便睡眼蒙眬了。

等到我醒来时,已是红日初升的时候,河水和田野都被辉煌的红光笼罩着,那一望无际的高粱像静止不动的血海一样。这时,我听到远远近近的有很多人呼唤我的名字。我大声地答应着,一会儿,我的父母、叔婶、哥哥嫂嫂们从高粱地里钻出来,其中还有我的九叔。他一把抓住我,气愤地质问我:

"你跑到哪里去了?!"

据九叔说,我跟随着他出了村庄,进了高粱地,他摔了一跤爬起来就找不到我了,马灯也不见了。他大声喊叫,没有回音,他跑回家找我,家里自然也找不到,全家人都被惊动

了,打着灯笼,找了我整整一夜,我说:

"我一直跟你在一起呀。"

"胡说!"九叔道。

"这是两麻袋什么?"哥哥问。

"螃蟹。"我说。

九叔撕开缝口的草茎,那些巨大的螃蟹匆匆地爬出来。

"这是你拿的?"九叔惊讶地问我。

我没有回答。

今年夏天,在新加坡的一家大商场里,我跟随着朋友为女儿买衣服,正东挑西拣地走着,猛然间,一阵馨香扑鼻,抬头看到,从一间试衣室里,掀帘走出一位少妇,她面若秋月,眉若秋黛,目若朗星,翩翩而出,宛若惊鸿照影。我怔怔地望着她。她对着我妩媚一笑,转身消逝在熙熙攘攘的人流里。她的笑容,好像一支利箭,洞穿了我的胸膛。靠在一根廊柱上,我心跳气促,头晕目眩,好久才恢复正常。朋友问我怎么回事,我心不在焉地摇摇头,没有回答。回到旅馆后,我突然想起了那个帮我捉螃蟹的女人,掐指一算,时间正是二十五年,而新加坡也正是一个"东南方向的大海岛。"

地道

黎明时分,村里的狗咬成一片。方山机警地跳下炕、轻轻拉开房门,站在院子里,竖起耳朵,谛听街上的动静。他听到街西头有男人在咋呼、女人在哭号,便慌忙跑回屋子里,把挺着大肚子在炕上昏睡的老婆拽起来。

"来了吗?"老婆问。

"八成是来了",他兴奋地说,"不怕一万,就怕万一,还是先躲出去吧。"

"我估计着也就是这几天的事了,"老婆说,"他们来了,又能怎么样呢?"

"你好糊涂!"方山说,"这一次比以前更狠,只要是没出肚的,就不算条性命,八点钟生,七点五十九分被捉住,也要打针引产。"

"引产就引产。"老婆说。

"你知道什么!"方山说,"打了引产针,那孩子生出来过不了三天就要死。"

老婆挽起早就收拾好的包袱,蹭下炕沿,嘟哝着,往外走,"我实在是不愿下到你那耗子洞里去。"老婆说。

"好老婆,你不知道下边有多么舒坦。"方山说。

一个七八岁的女孩翻身从炕上爬起来,睡眼惺忪地问:"爹娘,你们去哪儿?"

方山压低嗓门,说:"别吵吵,盼弟,在家好生照顾妹妹,我带你娘出去避难,没事了就回来。"

女孩懂事地点点头。她长得很瘦,头发蓬着,像个鹊巢。

方山又说:"锅里有饼子,瓮里有水,饿了就吃,渴了就喝。有人来问我和你娘,就说到你姥姥家去了。"

女孩点点头。

方山看看炕上那两个酣睡未醒的女孩,心里有些牵挂。外边的狗叫声益发嚣张起来,一种紧张与狂热相结合的情绪攫住了他。他拖着妻子,走到院子里,掀起一口反扣在墙角的破铁锅,露出一个边缘被爬得光溜溜的洞口,他对老婆说:"下去吧。"

老婆说:"我这样,怎么能下去?下去还不憋死?"

方山得意地说:"放心吧你,不怕憋死你,还怕憋死我儿子呢。"

方山扯着老婆的胳膊,把她放到洞底,自己也纵身下去,然后踩着洞壁的台阶,把铁锅盖在洞口上。

她落到洞底,快速地抽搐着鼻孔,让肺里吸满地道里的气味。他听到老婆在呻吟。便问:"你怎么了?"

老婆说:"下洞时抻了一下。"

方山不在意地说:"反正快要生了,抻下就抻下吧。"

他从老婆挽着的包袱里摸出了一支袖珍手电筒,揿亮,一道狭窄的黄光射出去,照亮了通向前方的地道。老婆惊讶地说:"这么长?"

方山得意地说:"你以为我这半年的工夫白费了?告诉你,地道一直通向河边,往前爬吧。"

他揿着手电,照亮了弯弯曲曲的地道,夫妻二人一前一后爬行着。他催促老婆快爬,老婆气喘吁吁地说:"我拖着大肚子哩,哪像你那样轻松!"

方山笑笑——他的心情极好,说:"慢慢爬、慢慢爬吧。"爬行了约有三十米,地道变得宽敞高大起来,他们渐渐地直起了腰,终于完全站直了腰。方山从洞壁上摸到火柴,点燃了一盏放在沿壁方孔里的油灯。明亮又温暖的光芒射出来,照亮了洞里的一切,土洞的一角上铺着金黄的麦草,像一个温暖的土炕,还有盛水的瓦罐,还有盛干粮的柳条筐。简直是一个温暖的家。老婆兴奋地说:

"孩他爹,你打算在这里过日子是不是?"

方山卷了一支烟,触到灯火上点燃,吸了一口,干核桃一样的小脸上,绽开狡猾的微笑。他身材矮小、四肢短小,两只小手像瞎老鼠发达的前掌。老婆欣赏着丈夫细小的眼睛和高耸在乱发中的两扇又大又薄的透明耳朵,笑着说:"怪不得人家叫你耗子!"

方山说:"这个外号是糊给咱爹的,爹死了,又传给了我。"

"爹是耗子,儿能不是耗子?"老婆戏谑道,"只怕我这肚子里也是一只小耗子呢。"

方山说:"不管是耗子还是猫,反正你要给我下个公的。"

老婆说:"那谁敢打保票?下出来才知道呢!"

方山说:"你要再敢下个母的,我就掐死你。"

老婆说:"狠的你!谁愿意下母的?要是头胎就下个公的,我还用遭这些活罪,一胎两胎三胎四胎,整日价提心吊胆、东躲西藏,人不是人,鬼不是鬼。要是这胎还是母的,干脆就去结了扎,我受够了。"

方山说:"你敢!你想给我们老方家断了种?"

老婆说:"断了就断了,反正也不是什么好种。"

方山说:"怎么不是好种?俺家八辈子贫雇农,根红苗正。"

老婆说:"别翻那本老皇历了。现在是越富越光荣,穷种不吃香了。"

方山感叹一声,说:"还是毛主席好。"

他撴亮手电筒,把一束黄光照在洞壁上悬挂着的那张毛主席画像上。

老婆说:"咦,我还没有看到呢。"

方山说:"挂上避邪消灾。"

老婆说:"真要在下边过日子呀?"

方山说:"有了这个地方,咱就不怕了。万一这胎还是母的,咱就再生一胎。"

老婆说:"这不是跟那电影《地道战》一样了吗?"

方山说:"我就是想起了《地道战》才想起了挖地道。"

老婆说:"要是暴露了洞口,人家往里灌水,那不像耗子一样?"

方山说:"水是宝贵的,井里来,河里去。"

老婆说:"要是人家往里放毒瓦斯呢?"

方山说:"不会的,工作队也不是日本鬼子,到哪儿去弄毒瓦斯?"

老婆说:"难说哩,你能挖地道,人家还弄不到毒瓦斯?电影《地道战》,放了八百遍,谁没看过?"

方山说:"都看过,可谁也没想到挖地道是不是?这就叫做:会看的看门道,不会看的看热闹。"

"老鼠生来会打洞!"老婆说。

方山说:"我是公老鼠,你就是母老鼠。"

两口子调笑着,见一线光明从洞外射进来。他们停住嘴,听到河里有青蛙的叫声。

"外边就是河?"老婆问。

方山说:"外边是草丛、柳棵子,下边是河。"

老婆说:"天亮了。"

方山说:"天亮了,我上去看看,你等着别动。"

他四肢着地,爬到了隐蔽在河堤半腰上一丛茂密的柳棵子下的洞口。河水在洞口下方。透过碧绿柳条的缝隙,他看到一轮红日,粘连在遥远的河面上。河面上躺着一条漫长的红影子。柳条下垂,与洞口下裸露的棕色树根交叉在一起。河水澄清,他看到自己从洞中运出的大量黄土使洞下的河道变成了浅滩。他欣赏自己的智慧和毅力,在短短半年的夜晚时间里,他神不知鬼不觉地完成了这项对一个小男人来说显得十分巨大的工程。听听堤上,悄无人声,堤外的村子里却十分喧闹。他分拨着柳条和杂草,迅速地钻出洞。拽住柳条,他爬上河堤,将身体隐蔽在一丛紫穗槐中,观察着村里的动静。

他看到街上匆匆跑动着一些莫名其妙的人,一辆火红色的链轨拖拉机挂着高档,在街上隆隆地跑着,团团旋转的轮子驱赶着银光闪闪的履带,倾轧着浮土很厚的街道。拖拉机的两只大眼射出电光,比阳光还要强烈。拖拉机后边小跑着一群人。打头的一位,身高不过一米,穿着一套镶有铜扣子的绿制服,头戴一顶大檐帽,手提着一只红色电喇叭。别人是小跑,他是飞跑。他那两条小短腿像两根鼓槌子,快速地打击着地面。方山认出了这位小个子是乡政府计划生育办公室大名鼎鼎的郭主任,外号"催命大郎"。看到"催命大郎",育龄妇女都恨爹娘少生了两条腿。方山暗暗庆幸。郭主任身后,跟着十几个穿土黄色制服的青年,都弓着腰,小跑步前进,像一队跟着坦克车打冲锋的士兵。

拖拉机停在一栋新盖的瓦房前,那是村里的超生户袁大头家的,袁杀猪卖烧肉,赚钱很多,虽因超生屡遭罚款,但家底还是很厚实。

郭主任指挥着手下的人,拉开一卷钢丝绳,捆住袁大头的新瓦房,又把绳头挂在拖拉机的后杠上。郭主任开了电喇叭,大声吆喝着:

"村民们听着,那些屡教不改的超生专业户听着,上级有了新指示:'宁要家破,不要国亡','上吊不解绳,喝毒药不夺瓶',今日本主任要做出个样子给你们看看。袁大头,让你老婆出来,赶快去流产。"

袁大头家寂静无声。

郭主任大喊:"限你们五分钟,不出来,拉倒房子砸死活该,本主任不负责,国家也不负责。"

袁大头家寂静无声。

郭主任挥手,大吼:"开车!"

拖拉机尖锐地鸣叫起来,圆桶状的烟囱里,喷吐着一圈圈白色的烟雾。方山看到,拖拉机驾驶员戴着墨镜,嘴巴上还蒙着一块黑布,根本看不清他的模样。

拖拉机缓缓前进着,钢丝绳渐渐抽紧。袁大头家瓦房起初岿然不动,拖拉机一加马力,瓦房便摇晃起来。袁大头家的院子里一阵哭号,大门洞开,袁大头手持杀猪刀一马当先,后边跟随着他的大肚子老婆,还有三个阶梯样的女孩,最后边,还有一个拄着拐棍的老太太。

袁大头吼着:"'催命大郎',老子跟你拼了!"

郭主任硬挺着架子,说:"你来,你来,杀人要偿命的!"

袁大头说:"管你偿命不偿命!"挥起明晃晃的刀,斜劈下来,郭主任一低头,大檐帽掉在地上。

郭主任捂着头,喊:"抓住他!抓住他!"

十几个青年一拥而上,按倒袁大头,用绳子捆住。郭主任回过气来,下命令:"抓住他老婆,送卫生院。他妈的,开车,拉,让你们劈叉着两条腿养!"

拖拉机声嘶力竭地吼叫着,袁大头家的新房子缓缓地倒塌,一股烟尘升上了天。

郭主任举着喇叭喊:"那些自己钩掉环儿的,那些非法怀了孕的,都给我出来!"他挥舞着一张纸片,喊:"谁也别想蒙混过去,我这儿有名单!"

一些蓬头垢面的女人,哭哭啼啼地集中到郭主任周围。郭主任对着名单点名。

"杨大成家的!"

一个女人哭着举起手。

"李金钢家的!"

一个女人青着脸站出来。

"方山家的!"

没人出来。

"方山家的!"……

郭主任说:"跑了和尚跑不了庙,走!"

方山溜下河堤,钻进洞去,对老婆说:"今日动了真格的了。"

老婆问:"刚才是什么响?"

方山说:"拖拉机把袁大头家的房子拉倒了。"

老婆说:"咱家的房子呢?"

方山说:"怕是保不住了。"

老婆说:"那怎么办?"

方山说:"三间破草屋,拉倒拉倒。"

老婆说:"破家值万贯,拉倒咱住哪?"

方山说:"这地洞冬暖夏凉。"

老婆叹息一声,说:"真成了耗子了。"

方山说:"你别吵吵了,我先去把孩子们转移到地道里来。"

老婆说:"我……怕要生了……"

方山这才注意到老婆满脸汗水,腿间流出鲜血。他兴奋地说:"你你你,你麻利着点,生个儿子,给他们一个沉重打击。"

老婆说:"他爹,我感到不大好,往常生她们时,都没流这么多血……"

方山说:"那一定是个男孩了!"

老婆说:"你别走……帮帮我……"

女人生孩子,瓜熟蒂落,自然现象,帮什么?方山嘴里说着不帮,但还是把老婆扶到麦秸草上躺下,帮老婆脱了裤子,他看到老婆圆溜溜的青肚皮上那两个红漆大字:"儿子",忍不住笑起来。

老婆喘息着,骂道:"死鬼,我都这样子了,你还笑……"

方山指指老婆肚子上的字,说:"看到儿子,怎能不笑?"

老婆突然挣起来,扯过方山的手脖,狠劲儿咬了一口。

方山疼得嗷嗷叫,抚着流血的伤口:"你还真咬?"

老婆说:"每次都是我淌血,这次也让你淌点血。"

方山说:"好老婆,你抓紧时间生,我上去把女儿们救下来,别被那些家伙拉倒房子砸死她们。"

老婆哀求着:"好方山,你别走,我试着不好……八成是你上次用铁钩子取环时把我的子宫钩坏了……"

"你别胡思乱想,我的技术绝对没问题。"方山说着,不理老婆哼唧,往通往家院的地道口爬去。

地道中浓烈的土腥味令他陶醉,正是这种对土腥味的迷恋促使他夜间疯狂地挖掘地道,起初自然是为了老婆挖掘,后来则纯然是为了自己挖掘。在那些日子里,他拖着死鱼样的身体从田野里归来,极度疲倦仿佛躺下就会死去,但只要到了地道的挖掘面上,他立刻变得精神百倍,周身充满力量。他挖掘地道使用的工具是两把短柄的小镢头。他挥舞着小镢头,让纷纷落下的新鲜黄土落在自己的脑袋上、嘴巴里和赤裸的身体上。在漆黑的地道里,他的眼睛亮晶晶的,能毫不费力地看清黄土落下的情景,能看清镢头在土层上砍出的光滑痕迹,如果不是为了老婆,他不会在地道里放上灯盏,更不会花掉好几块钱去买只袖珍手电筒。挖掘地道时挖出的新鲜草根是他的美味佳肴。寻找新鲜草根也是他挖掘地道的动力。他沿着地道爬行,四肢灵活,脑袋里有流水的感觉。

他站在洞口,透过铁锅上的破洞看到了一块玫瑰花朵般艳丽的天空。只要待在地道里,他的感觉器官便特别灵敏。他曾想过自己也许真是耗子转世。

他听到郭主任正在严厉地询问自己的女儿。

女儿坚定地按照他教的话回答郭主任。

他听到郭主任指挥人把三个女孩抱到屋外去。

他听到三个女儿一齐用利齿咬破了那些人的手。

他得意地笑起来。

他听到郭主任骂:真是一窝耗子!拖拉机,拖走,今日说什么也要把耗子窝捣了。

他听到女儿们哭叫着被拖走了。听到拖拉机响。听到钢丝绳套住了房子。听到郭主任发号施令。听到一声巨响。

头上的铁锅被倒塌的墙壁砸破,碎砖烂土哗哗落下,他急忙倒退到地道里去。

他心里感到很轻松。

方山爬回大洞,看到老婆膝间多了一个蠢蠢欲动的肉蛋子。他冲上去,一眼就看见了那肉蛋子双腿间凸着一个花生米大的肉芽芽。

"儿子!儿子!"方山喊叫两声,突然感到牙齿发痒,便用嘴啃了一口洞壁上的硬土。他一点不感到牙碜。他感到泥土像酥油。

他从老婆的包袱里找出剪刀,剪断了婴儿的脐带。他拍拍老婆的脸,说:"真是好老婆。"老婆翻动着灰白的眼珠看着他。他用一张草纸擦净婴儿脸上的血迹,看到这个小东西跟自己一样生着尖嘴巴大耳朵。他用一块包袱皮包起婴儿,说:

"老婆,我们胜利了!"

天才

蒋大志少时,被村里的尊长、学校里的老师公认为最聪明的孩子。他生着一颗圆溜溜的脑袋,两只漆黑发亮的眼睛,一看模样就知道是个天才。那时候,老师夸奖他,女同学喜欢他,我们——他的男同学,总感到他别扭,总是莫名其妙地恨他——现在,我们知道了那种不健康的感情是嫉妒。老师常常骂我们的脑袋是死榆木疙瘩,利斧劈不开一条缝,要我们向蒋大志学习。我们的一位叫"花猪"的同学反驳老师:蒋大志的脑袋跟我们的脑袋不一样,让我们怎么学?难道让爹娘重新回我们一次炉吗?"花猪"的话把那位外号"狼"的老师逗笑了。"狼"看看蒋大志那颗在一片脑袋中出类拔萃的脑袋,叹一口气,说:是不能学了,你们也无法回炉——出窑的砖,定型了。我们回家把"狼"的话向家长转述了,家长们也只好叹息。

从此以后,"狼"便把大部分精力倾注到蒋大志身上,对我们这些蠢材放任自流。蒋大志也不辜负"狼"的期望,先是在地区小学生作文比赛中获得一等奖,继而又写了一篇题为《地球是颗大西瓜》的科幻文章,在《小学生科技报》发表了。这件事引起了很大的轰动,成了村里人半个月内的主要话题。蒋大志的爹蒋四亭也兴奋得要命,逢人说不上三句话就扯出儿子的话头来。后来,人们一见他的面,索性劈头便说:老蒋,你这个儿子是怎么做出来的?把秘诀传传,我们也去做个天才。老蒋听不出人们话语中的讥讽之意,反而十分认真地说:哪里有什么秘诀?一样的父精母血,一样的炕东头滚到炕西头,要说有什么,就是这孩子生下来就睁着眼。老蒋还说,如果吃得好一点,蒋大志还要聪明。听话的人说:老蒋,别让你儿子再聪明了,他要再聪明俺那些孩子就该捏死了。

我明白了蒋大志的聪明与他那颗大脑袋有关后,就开始酝酿一个阴谋。"花猪"是主要的策划者。我们的目的是打坏蒋大志的脑袋,但又不能被"狼"发现。有人提议夜晚把他骗出来,从后脑勺上给他一闷棍;有人提议放学后躲到胡同里,当面给他一砖头。这些办法都被"花猪"否定了,说这样搞非倒大霉不行。"花猪"想了个办法:拉蒋大志打篮球,用篮球砸他的后脑勺,第一是不破皮不出血,"狼"抓不到把柄;第二可以把事情解释成传球失误。这办法赢得了我们的一致喝彩。我们说:"花猪"你才是真天才呢,蒋大志会写几篇破作文算什么天才?

有一天上体育课,"狼"照老例给我们一个篮球,让我们到球场上去胡闹。球场上坑坑洼洼,碎砖烂瓦到处可见,球场边上有一棵槐树,树干上绑一个铁圈,就算篮筐。女生们在一起玩跳绳、跳方、踢毽子,男生在一起抢篮球,嗷嗷叫着跑了一阵子,"花猪"挤挤眼,我们会意,故意拥挤在一起,把蒋大志推来搡去,先把他搞得晕头转向,然后,不知是谁冷不防扬起两把浮土,大喊着:地雷爆炸了。浮土迷了许多人的眼,当然蒋大志的眼迷得最厉害。我看到篮球传到"花猪"手里,他双手抱球,举到头上,铆足了劲,对着蒋大志的后脑勺子砸过去。砰!篮球反弹回去,蒋大志就地转圆圈。我们叫着追篮球去了。蒋大志一个人站在那儿哭。

事后,大家都担心蒋大志向"狼"报告。"花猪"跟我们几个骨干分子订立了攻守同盟。我们等待着"狼"的惩罚,每天上课时都提心吊胆。但什么事也没有发生。我们继续蠢笨,蒋大志继续聪明。

几年之后,我们毕了业,很自然地回家种庄稼做农民,只有蒋大志一个人考到县一中去继续念书。我们与蒋大志拉开了距离,那种莫名其妙地恨人家的感觉无形中消逝了。当我们趁着凌晨水清去河里挑水时,经常能碰到蒋大志背着书包、口粮匆匆往学校赶。我们很恭敬地问候他,他也很礼貌地回答。我记得那时他的脸很苍白,神情很悒郁,走起路来飘飘的,好像脚下没有根基。

又过了几年,听说他考上了大学,而且还是很名牌的大学。我们听到这消息,一点儿也不感到吃惊。我们感到这是应该发生的事情,蒋大志有那么大、那么圆的脑袋,他不去上大学,这个世界上谁还配上大学呢?

好像是在一个阴雨连绵的夏季,我、"花猪"等人在河堤上守护堤坝。河里水很大,淹没了桥梁,但决堤的危险是不存在的,所以我们坐在河堤上下五子棋玩。蒋大志的爹找到我们,说蒋大志放暑假回来了,被河水隔在了对岸,刚才乡政府摇电话过来,让我们绑几个葫芦渡他过来。我们很爽快地答应了。

渡他过河后,他穿着一条裤头站在河堤上发抖,周身的皮肤土黄色,一身骨头,显得那头更大。我们不约而同地想起在篮球场上算计他的事,都觉得心里愧愧的。

"花猪"说:兄弟,当年我打了你一球,原想把你的天才打掉哩。

他笑着说:真要感谢你那一球呢,你那一球把我打成天才了。

"花猪"问:哪有这样的事?

他说:你们等着看吧。

我问:兄弟,你在大学里学什么呢?

他说:大学里学不到什么,我正准备退学呢!

我说:使不得。兄弟,你是咱村多少年来第一个大学生,大家都盼着你成大气候呢。你成了大气候,我们这些同学也跟着沾光。

他摇摇头,显然是走神了。

我们听到蒋大志退学回家的消息,都大吃了一惊。多少人想上大学去不了啊!吃惊之后,我们也感到惋惜,像我们这些蠢猪笨驴,在庄户地里翻土倒粪,原是生就的骨头长就的肉,命定了。但你蒋大志长了颗那样的脑袋,在庄户地里不是白白糟蹋了吗?我找到几个当年合谋陷害蒋大志的同学,想一起去劝劝他。我们想,书念多了的人,有时也会犯糊涂,他哪里知道庄户地里的厉害?要是真有十八层地狱,庄户地里就是第十八层了!权贵人家的狗,也比我们活得舒坦。

我们推开他家的栅栏门,一条尖耳朵的小黄狗摇着尾巴欢迎我们。他家的四间瓦屋还算敞亮,满院子向日葵开得正热闹。我们才要喊,他的爹已经出来了。他压低了嗓门问:你们有什么事?

"花猪"说:听说大志兄弟退了大学,我们想来劝他,让他别犯糊涂。

他爹摇摇头,说:我和他娘把嘴唇都磨薄了!这孩子,从小主意大,认准了理儿,十头老牛也拉不回转。

我说:我们不忍心看着他这样把自己的前程糟蹋了,劝劝,兴许劝回了头。

他爹说:各位大侄子,不必费心了,任由着他折腾去吧。

"花猪"说:不行,我们不能眼瞅着他把自己毁了。咱这个穷村子,五辈子就出了这么个大学生。

我们正吵嚷着,蒋大志从屋里出来了。他弓着腰,脸色蜡黄,一副大病缠身的样子。他摘下眼镜,在衣襟上擦擦,戴上,对我们说:

各位老同学,你们的话,我都听到了。

我们刚要劝说,他伸出一只手,举起来,晃晃,说:老同学们,你们知道唐山大地震吧?

"花猪"说:怎么能不知道!唐山地震那会儿,俺家的房梁还咯嘣响呢。

他问:你知道唐山地震死了多少人吗?

我们不知道。

他说:唐山地震死了二十四万人。这还算少的呢,一五五六年陕西大地震,死了八十三万人。还有日本大地震,智利大地震,死人都在十万以上。

我们说:我们想来劝你回去念大学哩,你给我们说地震干什么。

他说:老同学们,你们不知道,我们这个地区,处在地震活跃带上,随时都有可能爆发大地震。

"花猪"说:那你更不应该回来了。真要来了地震,砸死俺这样的,给国家省粮食,减人口,死一个少一个,砸死你可不得了,你是有用的人,不能死。

他说:老同学,要是家乡的人都砸死,我当了国家主席又有什么意思?我退学回来,就是为了研究地震预报。

我说:这事儿国家还能不搞?

他摇摇头,说:我去参观过他们的设施,那些东西,根本不灵。当然,更落后的,还是他们的观念。他们的地震理论的大前提是根本错误的,所以,他们研究手段愈先进,他们背离真理就愈远。这与"南辕北辙"是一个道理。

我们迷茫地看着他。

他很无奈地说:我看出来了,我说的话,你们既不相信,也不明白。他指指自己的脑袋,说:你们不相信我,总该相信它吧!

他的衣襟上沾满了红蓝墨水,他的脑袋上,似乎冒着缭绕的白气,那不是仙气又是什么?我们心中的敬畏油然而生,嘟嘟哝哝地说着:兄弟,我们相信你,你研究吧,有什么活儿要干,就跟我们打个招呼。我们倒退着离开他的家门。

河边的沙地上,种着一望无际的碧绿的西瓜。这是鲁迅先生用过的句子,我们在小学生语文课本上读到过的。瓜田有张三家的,有李四家的——几乎家家都有一块。我们这地方的土质最适合种西瓜。这里的西瓜个大皮薄,脆沙瓤儿,屈指一弹,便能爆裂。家家的瓜田里,都有一个瓜棚,远看像一座座碉堡。蒋大志退学之后,在家猫了一冬,我们不敢去打扰他,见面问他爹,他爹说他没日没夜地写、画。我们问他写什么?画什么?他爹说写一些弯弯曲曲的外国字,画一些奇形怪状的科学画。这小子,他爹不无自豪地说,没有干不成的事,这小子,没准真能下出个金蛋呢。

开春之后,我们有一半时间泡在西瓜地里,眼见着西瓜爬蔓、开花、坐果。当小西瓜长到毛茸茸的拳头大时,蒋大志出现在他爹的瓜地里。半年多没见,他脸更白,眼更大,瘦弱的身体,似乎已承担不了脑袋的重量。我们原以为他是出来看风景呢,没想到他是来搞研究的。

他拿着一个放大镜,跪在他爹的西瓜地里,照完了瓜秧照西瓜,翻来覆去地照,一照就是一上午。河里水明光光的,他的头也是明光光的。我们想他是不是不研究地震而研究西瓜了?研究课题的转变使我们高兴,他如果能研究出西瓜的新品种,栽培的新技术,对我们大大地有利。我们不敢直接问他,间接地问他爹,他爹说他也不知道。那时候他爹还是幸福的,天气略有些干旱,正适合西瓜生长。在长势良好的西瓜地里,还成长着一个即将震惊世界的儿子,老头怎能不幸福?

他的娘有时把午饭送到地里来。老太婆看到儿子脑袋上亮晶晶的汗珠和满身的尘土,忍不住地说:儿啊,歇会儿吧,让你那个脑袋瓜子歇会儿吧。

他的刻苦精神让人感动,我们通过他认识到:当个科学家比当农民还要艰难,当农民是要出大力流大汗,但干完了活跳到河里洗个澡,躺在四面通风的瓜棚里睡一觉,享受的也是人间至福。可是我们在瓜棚里吹着凉风睡觉时,科学家还跪在西瓜地里冥思苦想。时间一天天熬过去,西瓜一天天长大,我们眼见着他瘦。他的身子快成了瓜秧,脑袋不见瘦,快成了西瓜。我们劝他爹:大叔,让大志兄弟歇会吧,他那膝盖上,是不是扎了根?这样下去,你儿子就变成一颗西瓜了。

布谷鸟飞来又飞走。槐花盛开又凋落。麦子熟了。西瓜长得比蒋大志的脑袋还要大了。天气热了。有一天,呼喇喇一个闪,喀隆隆一个雷,第一场雷雨下来了。雨点中夹杂着一些花生米大小的冰雹。我们都躲在瓜棚里避雨。科学家还跪在西瓜地里,擎着头,直瞪着眼,思考着最最深奥的大问题。西瓜叶子被风吹着,翻卷出灰白的、毛茸茸的叶背,闪出了满地油漉漉、圆溜溜的大西瓜。稀疏的冰雹打穿了一些西瓜的叶片,也在西瓜上打出了一些伤痕,我们有些心疼。但我们更心疼正遭受着风吹雨淋雹打的科学家的脑袋。稀疏的头发淋湿后紧贴在头皮上,更像西瓜了,冰雹打上去,洁白的,亮晶晶地弹跳起来,落在一旁。我的瓜棚离他爹的瓜棚最近,我大声喊:蒋大叔,你难道不想要这个儿子了吗?

他的爹冒着风雨跑到我的瓜棚里来,浑身哆嗦着,眼泪汪汪地说:怎么办?怎么办?他说了,天上下刀子也不要打扰他,他思考的问题已到了最关键的时刻,今天是最后解决的时间了……

我说:也不能眼睁睁地看着他被雨淋死呀。

我们拿着斗笠、蓑衣,走到科学家身边,似乎听到了他脑袋里发出隆隆的响声,这是一台伟大的思想机器在运转。我试探着用食指戳了一下他的肩膀,感觉到了冰冷和僵硬。不好,大叔,你儿子已经冻僵了。

我们往他的嘴里灌了姜汤,又用烧酒搓了他的全身。他灰白的肉体上渐渐洇出了一些粉红的颜色,凝固了的眼珠慢慢地转起来。

他试图站起来,但分明是没有力气。他的眼睛里闪动着满天飞舞的鸟儿也许才有的兴奋,哆嗦着嘴唇说:

伙计们,我想明白了!

说完了这句话,科学家一头栽倒。伸手试试他的额头,老天爷,烫得像火炭一样。我们从瓜棚上拆下一面门板,几个人抬着科学家,涉过河水,跑到了乡卫生院。

头批西瓜摘下来时,科学家出院了。我们齐集在他爹的瓜棚里,等待着他向我们宣布他的思想成果。

他双手端着一颗大西瓜,气喘吁吁地说:

兄弟爷们儿们,老同学们,我知道这个问题很复杂很深奥,三言两语说不清楚,我尽量地把问题简单化,形象化,便于你们理解:通过观察研究,我发现:西瓜的生长发育过程,与地球的生长发育过程完全一致,西瓜是一个缩小的地球,或者说,我现在双手端着一个缩小了无数倍的地球……因此,研究西瓜就是研究地球,解剖西瓜就是解剖地球,我已经明白了地震的生成原因,我已经能够准确地预报地震……

他把西瓜放在木板上,从铺下抽出明晃晃的瓜刀,嚓,把西瓜切成两半,指点着那些红瓤黑籽筋筋络络对我们说:

瞧,这是地壳,这是地幔,这是地核,这是灼热的岩浆,这是移动的板块……

我们呆呆地看着他。他宽容地笑了,把那颗熟透的西瓜一阵乱刀剁成了无数小块,分给我们,说:你们一定在想,这小子是不是神经病?我不怪罪你们。吃西瓜,尝尝新鲜,尝尝我爹的劳动成果。

我们捧着那一牙西瓜,感到非常非常沉重,这是一部分地球呀,也许这一牙西瓜上,就有半个中国,这上边有大城市、大森林、大沙漠、大海洋、大雪山……

我们胆战心惊地咬了一口红色的瓜瓤——他说,这是岩浆——我们感到今年的地球成色很好,冰凉的岩浆水分充足,又沙又甜,进口就能溶化……

他说:你们为什么不反驳呢?你们应该问我,蒋大志,我问你:如果西瓜代表地球,那么地球上的海表现在西瓜的什么位置上?长江在哪?黄河在哪?喜马拉雅山在哪?哪是北京哪是华盛顿?西瓜长在瓜秧上,地球呢?是不是也结在一棵秧上?太阳系是一片西瓜呢还是一棵西瓜?宇宙中是否布满四维爬动的西瓜藤?这个枝丫里结着一个太阳?那个枝丫里结着一颗月亮?……你们为什么不问呢?

我们捧着地球皮更加发呆,每个人都感到脑袋发胀,那么多的星球在我们的脑袋里像西瓜一样碰撞着,翻滚着,我们头痛欲裂,脑浆子变成了灼热的岩浆……

他悲哀地看着我们,咬了一口岩浆,吐出一块地幔,扔掉一块啃完的地壳,说:我知道,你们不需要我的解答了。但是,兄弟们,爷们儿们,人类们,我是爱你们的……

从此之后,我们再也无法安宁,尤其是夜晚在瓜棚里看瓜时,抬头看到满天的星星,低头看到遍地的西瓜,就感到一种巨大的恐惧,无数疑问像成群的蚂蚁一样在脑子里爬:西瓜是地球,瓜叶是什么?瓜花是什么?瓜子是什么?玉米是什么?大豆是什么?吃瓜的獾是什么?沙地是什么?尿素化肥是什么?……人又是什么?

铁孩

大炼钢铁那年,政府动员了二十万民工,用了两个半月的时间,修筑了一条八十里长的铁路。铁路的上端连接在胶济铁路干线的高密站上,下端插在高密东北乡那片方圆数十里的荒草甸子里。

那时候我们只有四五岁,生活在与"公共食堂"一起建成的"幼儿园"里。幼儿园里只有一排五间泥墙草顶的房子,房子周围圈着一些用粗铁丝连接起来的碗口粗的树干,有两米多高,别说是三四岁的孩子,就是年轻力壮的狗,也跳不过去。我们的父、母、兄、姐……凡是能拿起铁锹铲土的,都被编进民工队伍里去了,吃在铁路工地,睡在铁路工地,我们已有很长时间没见到他们了。我们被圈在"幼儿园"里,有三个很瘦的老太婆看管着我们。三个老太婆都是鹰钩鼻子眍䁖眼睛,我们认为她们长得一模一样。她们每天熬三大盆野菜粥喂我们,早上一盆中午一盆晚上一盆。我们都把肚子喝得像小皮鼓一样。喝完了粥我们就把着木栅栏看外边的风景。木栅栏上抽出一些嫩绿的枝条。有柳树枝条,有杨树枝条。有的树干腐烂了,不抽枝条,生出一些黄色的木耳或是乳白色的小蘑菇。我们喝完了粥就把着木栅栏看外边的风景,手掰着木杆上的小蘑菇吃着,看到栅栏外的街道上来来回回走动着一些外乡口音的民工,一个个蓬头垢面,无精打采。我们在这些民工中寻找亲人。

我们哭咧咧地问:"大叔,你看到俺爹了吗?"

"大叔,你看到俺娘了吗?"

"看到俺哥了吗?"

"看到俺姐了吗?"

……

民工们有的像聋子一样,根本不理睬我们;有的歪过头来,看我们一眼,然后摇摇头。有的则恶狠狠地骂我们一句:

"狗崽子们,钻出来吧!"

那三个老太婆坐在门口,根本不理睬我们。木栅栏高约两米,我们爬不出去。木栅栏间隙很小,我们钻不出去。

我们透过木栅栏,看到村外的田野上渐渐隆起一条土龙,一群群黑色的人在土龙上忙忙碌碌地爬动着,好像蚂蚁一样。听木栅栏外边的民工们说,那就是铁路的路基。我们的亲人们,就在那些蚂蚁一样的人群里。有时候,土龙上会突然插起千万面红旗,有时候会突然插起千万面白旗。更多的时候什么旗也不插。后来,土龙上闪烁着许多亮晶晶的东西。栅栏外边的民工们说:要铺设铁轨了。

有一天,木栅栏外走过来一个黄头发的青年,他个子很高,我们觉得他只要一伸胳膊就能摸到木栅栏的尖儿。我们向他打听亲人的消息,他竟然走到木栅栏边,蹲下来,很亲热地摸我们的鼻子,戳我们的肚皮,拧我们的小鸡鸡。这是我们召唤来的第一个大人。

他笑着问我们:"你爹叫什么名字?"

"俺爹叫王富贵。"

"噢,王富贵,"他摸着下巴说,"王富贵我认识。"

"你知道他什么时候来接我吗?"

"他来不了了,前日抬钢轨时,他被钢轨砸死了。"

"哇……"一个孩子哭了。

"你见过俺娘吗?"

"你娘叫什么名字?"

"俺娘叫万秀玲。"

"噢,万秀玲,"他摸着下巴说,"万秀玲我认识。"

"你知道她什么时候来接我吗?"

"她来不了了,前日搬枕木时,她被枕木砸死了。"

"哇……"又一个孩子哭了。

……

最后,所有的孩子都哭了。黄头发的青年人站起来,吹着口哨走了。

我们从中午一直哭到黄昏。老婆子们让我们去喝粥,我们还在哭。老婆子们生气地说:"哭什么?再哭送你们去万人坑。"

我们不知道万人坑在哪里,但都知道那一定是个极其可怕的地方,于是我们都不哭了。

第二天我们还是扒着木栅栏望外面的风景。半晌午时,有几个民工抬着一扇门板急匆匆地走过来了,门板上躺着一个血肉模糊的人,分不清是男是女,一滴一滴的黑血沿着门板的边缘,"吧嗒吧嗒"滴在地上。

不知是谁带头哭了起来,大家一齐哭,好像那门板上躺着的就是自己的亲人。

喝完了中午粥,我们又趴在木栅栏上,看着有两个端着大枪的黑大汉押着那个我们熟识的黄头发青年走了过来。黄头发青年双手背着,手腕子上绑着绳子,鼻、眼青肿,嘴唇上流着血。走到我们面前时,他歪着头看看我们,对我们挤眼弄鼻子,好像他心里挺高兴。

我们齐声喊叫他,一个黑大汉用枪筒子戳戳他的背,大声说:"快走!"

又是一天上午,我们扒着木栅栏,看到远处的铁路上,突然又插满了红旗,并且响起了敲锣打鼓的声音,数不清的人在铁路上吆喝着,不知为什么那么高兴。中午喝粥时,老太婆们分给我们每人一颗鸡蛋,并且对我们说:"孩子们,铁路修好了,下午通车了,你们的爹娘就要来接你们回家了,我们也侍候够你们了。每人一颗鸡蛋,庆祝通车典礼。"

我们高兴起来,原来我们的亲人没死,是那黄头发青年骗我们,怪不得把他捆起来哩。

我们很少吃鸡蛋,老太婆告诉我们要剥了皮才能吃。我们笨拙地剥鸡蛋皮,鸡蛋壳里都藏着一只带毛的小鸡,一咬唧唧叫,还冒血水。我们吃不下去,老太婆们用棍子打我们,逼着我们吃,我们都吃了。

第二天上午,我们趴在木栅栏上,看到铁路上的红旗更多了。傍晌午时,铁路两边的人嗷嗷地叫起来,有一个头上冒着黑烟的大东西,又长又黑的大东西,呜呜地叫着,从西南方向跑过来。它跑得比马还快。它是我们看到的跑得最快的东西。我们感到脚下的地皮打起哆嗦来,心里很害怕。有几个穿着白衣裳、戴着白帽子的女人不知从什么地方钻出来,拍着巴掌叫着:"火车来了!火车来了!"

火车呼隆隆响着朝东北方向开过去了,我们的眼睛追着它的尾巴,一直到看不见了还在看。

火车开过去后,果然有一些大人来接孩子。狗被接走了,羊被接走了,柱被接走了,豆也被接走了,最后,只剩下我一个人。

三个老太婆把我领到栅栏外,对我说:"回家去吧!"

我早就忘记了家门,哭着央告老太婆们送我回家。老太婆把我推到一边,便急急忙忙地关上了木栅栏大门,门里边还锁上一把黄澄澄的大铜锁。我在木栅栏外哭、叫、求情,她们根本不理。我从木栅门缝里看到,三个一模一样的老太婆,在木栅门里边支起一只小铁锅,锅下插上劈柴点着了火,锅里倒进一些浅绿色的油。火苗子呼呼地响着,锅里的油泛起泡沫。一会儿泡沫消散了,一些白色的烟沿着锅边爬上去。那些老太婆打破鸡蛋,用木棍把一些带毛的小鸡扔到油锅里去,炸得嗞嗞啦啦响,扑棱扑棱翻滚。一股焦焦的香气溢出来。老太婆们又用木棍把油锅里的小鸡夹出来,咈咈吹几口气,就把小鸡塞到嘴里。她们的腮帮子时而这边鼓起来,时而那边鼓起来,嘴里呜噜呜噜响着。她们在吃小鸡时都闭着眼,啪哒啪哒滴着眼泪。任我怎么哭叫,她们也不开门。我眼泪干了,喉咙哑了。我看到一株黑油油的树旁边有一汪混浊的水。我走过去喝水。我喝水时看到水边有一只黄色的蛤蟆。我还看到一条黑色的、脊梁上有白花的蛇。蛤蟆和蛇在打架,我很害怕,我很渴。我忍着怕,跪下用手捧水喝。水从我指头缝里哗哗漏。蛇咬住蛤蟆的腿,蛤蟆头上冒出一些白水。我感到水很腥。我有点恶心。我站起来。我不知道该到哪里去。我想哭。我哭了。我干哭,没有眼泪。

我看到树、水、黄蛤蟆、黑蛇、打架、害怕、口渴、跪下、捧水、水腥、恶心、我哭、没有眼泪……哎,你哭什么?你爹死了吗?你娘死了吗?你家里的人死光了吗?我回头。我看到那个问我话的小孩。我看到他跟我一般高。我看到他没有穿衣裳。我看到他的皮上生着锈。我觉得他是个铁孩子。我看到他的眼是黑的。我看到他跟我一样是个男孩。

他说你哭什么木头?我说我不是木头。他说我偏要叫你木头。他说木头你跟我做伴到铁路上玩去吧。他说那里有很多好看的、好吃的、好玩的。

我说蛇快把蛤蟆吞了。他说让它吞吧,别动它,它会吸小孩的骨髓。

他领着我我跟着他朝铁路那儿走。铁路好像离我们很近可总也走不到,走走,望望,铁路还是那么远,好像我们走它也走一样。我们好不容易走到铁路边。我的脚很痛。我问他叫什么名字。他说你愿意叫我什么名字我就叫什么名字。我说我看你像块生锈的铁。他说你说我是铁我就是铁。我说铁孩。他答应了一声并且咧开嘴笑了。我跟着铁孩往铁路上爬。铁路路基很陡。我看到了两道铁轨像两条大长虫从一定是很远很远的地方爬过来。我想只要我一踩它就会扭动起来,它还会用长得没有头的木尾巴把我缠起来。我试探着踩了它一下。我感到铁很凉,它没有扭动也没有甩尾巴。

我看到太阳就要落山了。太阳很大很红,有一些白色的大鸟落在水边。我听到一声怪叫,铁孩说火车来了。我看到火车的铁轮子是红的,几条铁胳膊捣着它转。我感到车轮下有吸人的风。铁孩对着火车招手,好像它是他的好朋友一样。

晚上我感到很饿。铁孩拿来一根生着红锈的铁筋,让我吃。我说我是人怎么能吃铁呢?铁孩说人为什么就不能吃铁呢?我也是人我就能吃铁,不信我吃给你看看。我看到他果真把那铁筋伸到嘴里,"咯嘣咯嘣"地咬着吃起来。那根铁筋好像又酥又脆。我看到他吃得很香,心里也馋了起来。我问他是怎样学会吃铁的,他说难道吃铁还要学吗?我说我就不会吃铁呀。他说你怎么就不会呢?不信你吃吃看,他把他吃剩下的那半截铁筋递给我,说你吃吃看。我说我怕把牙齿崩坏了。他说怎么会呢?什么东西也比不上人的牙硬,你试试就知道了。我半信半疑地将铁筋伸到嘴里,先试着用舌头舔了一下,品了品滋味。咸咸的,酸酸的,腥腥的,有点像腌鱼的味道。他说你咬嘛!我试探着咬了一口,想不到不费劲就咬下一截,咀嚼,越嚼越香。越吃越感到好吃,越吃越想吃,一会儿工夫我就把那半截铁筋吃完了。怎么样?我没骗你吧!我说,你没骗我,你真是好人,教会了我吃铁,我再也不用喝菜汤了。他说人人都会吃铁,他们不知道。我说早知这样谁还去种粮食?他说你以为炼铁比种庄稼容易吗?炼铁更难。你千万别告诉他们铁好吃,要是让他们知道了,大家一齐吃起来,就没有咱俩吃的了。我说为什么你要把这个秘密告诉我呢?他说我一个人吃铁没意思,想找个做伴的。

我跟他踩着铁轨往东北方向走。因为学会了吃铁,我一点也不怕铁轨了。我心里说:铁轨铁轨,你放老实点,你要敢不老实,我就把你吃了。因为吃了半根铁筋,我的肚子一点也不觉得饿了,脚和腿都有劲。我和铁孩每人踩着一根铁轨往前走。走得很快,一会儿就望到前边红彤彤的半边天,有七八个大炉子呼呼地冒着火苗子。我闻到好香好鲜的铁味儿。他说,前边就是炼钢铁的了,没准你爹娘在那里呢。我说我一丁点儿也不想他们了。

我们走着走着,铁路忽然没了。四周都是比我们还高的荒草,荒草里有一大堆一大堆的生满红锈的废钢铁,有好几辆火车歪在荒草里,车厢都砸扁了,里边装着的废钢铁都倾了出来。我们又往前走了会儿,发现这儿有很多人,蹲在钢铁堆里吃饭,炉子里的火把他们的脸映得通红。他们正在吃饭,吃的什么饭?大肉包子地瓜蛋。他们吃得那么香,那么甜,都把腮帮子撑得鼓了起来,好像生了痄腮一样。但是我闻到从那些肉包子里、地瓜蛋里发散出一股臭气,比狗屎还要难闻,我感到恶心得很厉害,便赶紧跑到上风头里去。

这时有一个男人和一个女人忽然从人堆里站起来,大声呼喊着:"狗剩!"

我被他们吓了一跳。我认出了那是我的爹和娘。他们跌跌撞撞朝我跑来。我忽然觉得他们很可怕,像"幼儿园"里那三个老太婆一样可怕。我闻到了他们身上那股子比狗屎还要难闻的臭味。在他们伸手就要捉住我的时候我转身逃跑了。我跑,他们在后边追。我不敢回头,但我觉得他们的指尖不断地戳到我的头皮。这时我听到我的好朋友铁孩在我的前边喊我:"木头,木头,往铁堆里跑!"

我看到他的暗红色的身影在铁堆里一闪就不见了。我冲向废铁堆,踩着那些锅、铲、犁、枪、炮等等铁器爬上了堆积如山的废铁堆。铁孩在一个圆的铁管子里向我招手,我一斜肩膀就钻了进去。铁管子黑乎乎的,弥漫了铁锈的香味。我的眼睛什么也看不见。有一只凉森森的小手拉住我的手。我知道那是铁孩的手。铁孩小声说:"别怕,跟我走,他们看不到我们。"

我跟着他往前爬。铁管子曲里拐弯,也不知通向哪里。爬呀爬呀,爬出了一线光明。我跟着铁孩钻出去。铁孩领着我手把着一辆破坦克的履带爬到炮塔上。炮塔上涂着一些白色的五角星。一根锈烂得坑坑洼洼的炮管子斜斜地指着天。铁孩说要钻到炮塔里去。炮塔的螺丝都锈死了。铁孩说:"咬开它。"

我们跪在炮塔上,转着圈啃那些生锈的螺丝。一边啃一边吃,一会儿就啃透了。炮塔盖子被我们掀到一边去。炮塔上的铁很软,像熟透了的烂桃子一样。我们钻进坦克肚子里去,坐在那些软绵绵的铁上。铁孩帮我找了一个孔,让我望着我的爹娘。我看到他们在远处的铁堆上爬着,噼里啪啦地翻动着那些铁器,一边翻动一边哭叫着:"狗剩,狗剩,儿呀,出来吧,出来吃大肉包子地瓜蛋……"

我看着他们,像看着两个陌生人一样。当听到他们让我出去吃大肉包子地瓜蛋时,我轻蔑地笑了。

他们找不到我,回去了。

我们钻出坦克,爬到炮筒上去骑着,看远远近近的那些冒火的大炉子和炉子周围忙忙碌碌的人。他们把一些铁锅抬起来,喊一声"一——二——三",抛到半空中去,掉下来跌破,再用大铁锤砸得稀巴烂。我嗅到了铁锅片儿的焦香味儿,肚子咕噜噜地响起来。铁孩好像猜到了我的心思,说:"木头,走,拿口锅吃,铁锅好吃。"

我们避避让让地走进火光里,选中了一口好大的锅,抬起来就跑。几个男人被我们惊吓得连手中的铁锤都丢了,有的还撒丫子就跑,一边跑还一边叫:"铁精来了——铁精来了——"

这时我们已跑到铁堆的顶上,一块块掰着铁锅,大口大口吃起来,铁锅的滋味胜过铁筋。

我们吃着铁锅,看到有一个腰里挂着盒子枪的瘸子走过来,用枪带子抽着那几个喊"铁精"的男人,骂道:"混蛋,我

201

看你们是造谣言搞破坏!狐狸能成精,大树能成精,谁见过生铁蛋子能成精?"

那几个男人齐声说:"指导员,俺们不敢撒谎。俺们正在砸铁锅,从黑影里蹿出来两个小铁人,都生着一身红锈,抢了一口铁锅,抬着就跑,一转眼就没影了。"

瘸子问:"跑到哪里去了?"

那些人说:"跑到废铁堆上去了。"

"胡他娘的造谣!"瘸子说,"荒滩荒地,哪来的孩子!"

"所以俺们才怕了呢。"

瘸子掏出枪,对着铁堆"当当当"就放了三枪,枪子儿打在铁上,迸出了一些金色的大火星子。

铁孩说:"木头,咱把他那支枪抢来吃了吧?"

我说:"就怕抢不来。"

铁孩说:"你在这等着,我去抢。"

铁孩轻手轻脚地下了铁堆,趴在荒草里,慢慢地往前爬,光明里的人看不到他,我能看到他。我看到他爬到瘸子背后时,就在铁堆上抄起一块铁叶子,敲打起铁锅来。

那几个男人都说:"听听,铁精在那儿!"

瘸子刚举起枪来要放,铁孩从背后一跃而起,一把就下了他的枪。

男人们大叫:"铁精!"

瘸子一腚就坐在地上,嘴里喊着:"救命啊——抓特务——"

铁孩提着枪爬到我身边,说:"怎么样?"

我说你真有本事。他高兴极了,一口咬下枪筒子,递给我,说:"吃吧。"

我咬了一口,尝到一股子火药味。我呸呸地吐着,连声说:"不好吃,不好吃。"

他从枪脊上咬了一口,品咂着,说:"果真不好吃,扔给他吧!"

他把枪身扔到瘸子身边。

我把被我咬了一口的枪苗子扔到瘸子身边。

瘸子捡起枪身和枪苗,看了看,嗷嗷地叫着,扔掉破枪就跑了。瘸子跑,歪歪倒,我们坐在铁堆上笑。

半夜时,西南方向一道耀眼的光柱射过来,并且传来了"咣当咣当"的巨响。火车又来了。

我们看到火车跑到铁路尽头,一头就扎到另一辆火车身上,后边拉着的车厢呼隆隆挤上来,车厢里的铁哗啦啦地泻在车道外边。

从此以后再也没有火车。我问他火车上有没有特别好吃的地方,他说车轮子最好吃。后来我们吃过一次铁轮子,吃了一半就不愿再吃了。

我们还去炼铁炉边找那些新炼出的铁吃,那些铁反而不如生锈的铁好吃。

我们白天钻到铁堆里睡觉,晚上出来和那些炼铁的人们捣乱,吓得他们胡乱跑。

有天晚上,我们又去吓唬砸铁锅的男人。我们看到明亮的灯火里摆着一口锈得通红的大铁锅,便一起奔那铁锅而去。我们的手刚触到锅沿,就听到呼隆一声响,一面用麻绳子结成的大网把我们罩住了。

我们用嘴咬绳子,下多大的狠劲也咬不断。

他们高兴地喊:"抓住了,抓住了!"

后来,他们用砂纸擦我们身上的红锈,好痛,好痛啊!

翺翔

拜完了天地,黑大汉洪喜就有些按捺不住了。虽然看不到新娘的脸,但新娘修长的双臂、纤细的腰肢,都显示出这个胶州北乡女子超出常人的美丽来。洪喜是高密东北乡著名的老光棍,四十岁了,一脸大麻子,不久前由老娘做主,用自己的亲妹子杨花,换来了这个名叫燕燕的姑娘。杨花是高密东北乡数一数二的美女,为了麻子哥哥,嫁给了燕燕的哑巴哥哥。妹妹为自己做出了巨大的牺牲,洪喜心中十分感动。想起妹妹将为哑巴生儿育女,他心情复杂,竟对眼前这个女子生出一些仇恨。哑巴,你糟蹋我妹子,我也饶不了你妹子。

新娘进入洞房,已是正晌光景。一群顽童戳破粉红窗纸,望着坐在炕上的新娘。一个大嫂拍了洪喜一把,笑嘻嘻地说:"麻子,真好福气!水灵灵一朵荷花,轻着点揉搓。"

洪喜手搓着裤缝,嘻嘻地笑着,脸上的麻子一粒粒红。

太阳高高地挂着,似乎静止不动。洪喜盼着天黑,在院子里转圈。他的娘拄着拐棍过来,叫住儿子,说:"喜,我看着这媳妇神气不对,你要提防着点,别让她跑了。"

洪喜道:"不用怕,娘,杨花在那边拴着她哩,一根线上拴两个蚂蚱,跑不了那一个,就跑不了这一个。"

娘两个正说着话,就看到新媳妇由两个女傧陪着,走到院子里来。洪喜的娘不高兴地嘟哝着:"哪有新媳妇坐床不到黑就下来解手的?这主着夫妻不到头呢,我看她不安好心。"

洪喜被新媳妇的美貌吸引住了。她容长脸儿,细眉高鼻,双眼细长,像凤凰的眼睛。她看到了洪喜的脸,怔怔地立住,半袋烟工夫,突然哀号一声,撒腿就往外跑,两个女傧伸手去拽她的胳膊,哧,撕裂了那件红格褂子,露出了雪白的双臂、细长的脖子和胸前的那件红绸子胸衣。

洪喜愣了。他娘用拐棍敲着他的头,骂道:"傻种,还不去撵?"

他醒过神来,跌跌撞撞追出去。

燕燕在街上飞跑着,头发披散开,像鸟的尾巴。

洪喜边追边喊:"截住她!截住她!"

村里的人闻声而出。一群群人,拥到街上。十几条凶猛的大狗,伸着颈子狂吠。

燕燕拐下街道,沿着一条胡同,往南跑去。她跑到田野里。正是小麦扬花的季节,微风徐徐吹,碧绿的麦浪翻滚。燕燕冲进麦浪里,麦梢齐着她的腰,衬托着她的红胸衣和白臂膊,像一幅美丽的画。

跑了新媳妇,是整个高密东北乡的耻辱。男人们下了狠劲,四面包抄过去。狗也追进麦田,并不时蹿跳起来,将身体显露在麦浪之上。

包围圈逐渐缩小,燕燕突然前扑,消逝在麦浪之中。

洪喜松了一口气。奔跑的人们也减慢速度,喘着粗气,拉着手,小心翼翼往前逼,像拉网拿鱼一样。

洪喜心里发着狠,想象着捉住她之后揍她的情景。

突然,一道红光从麦浪中跃起,众人眼花缭乱,往四下里仰了身子。只见那燕燕挥舞着双臂,并拢着双腿,像一只美丽的大蝴蝶,袅袅娜娜地飞出了包围圈。

人们都呆了,木偶泥神般,看着她扇动着胳膊往前飞行。她飞的速度不快,常人快跑就能踩到她投在地上的影子。高度也只有六七米。但她飞得十分漂亮。高密东北乡虽然出过无数的稀奇古怪事,女人飞行还是第一次。

醒过神来后,人们继续追赶。有赶回去骑了自行车来的,拼命蹬着车,轧着她的影子追。只要她一落地,就将被擒获。

飞着的和跑着的在田野里展开了一场有趣的追捕游戏,田野里四处响着人们的呼唤。过路人外乡人也抬头观看奇景。飞着的潇洒,地上的追捕者却因仰脸看她,沟沟坎坎上,跌跤者无数,乱糟糟如一营败兵。

后来,燕燕降落在村东老墓田的松林里。这片黑松林有三亩见方,林下数百个土馒头里包孕着东北乡人的祖先。松树很多,很老,都像笔一样,直插到云霄里去。老墓田和黑松林是东北乡最恐怖也最神圣的地方。这里埋葬着祖先所以神圣,这里曾经发生过许许多多鬼怪事所以恐怖。

燕燕落在墓田中央最高最大的一株老松树上,人们追进去,仰脸看着她。她坐在松树顶梢的一簇细枝上,身体轻轻起伏着。如此丰满的女子,少说也有一百斤,可那么细的树枝竟绰绰有余地承担了她的重量,人们心里都感到纳闷。

十几条狗仰起头,对着树上的燕燕狂叫着。

洪喜大声喊叫着:"下来,你给我下来。"

对狗的狂吠和洪喜的喊叫她没有半点反应,管自悠闲地坐着悠闲地随风起伏。

众人看看无奈,渐渐显出倦怠。几个顽皮的孩子大声喊叫着:"新媳妇,新媳妇,再飞一个给我们看!"

燕燕扬扬胳膊。孩子们欢呼:飞啦飞啦又要飞啦。她没有飞。她用尖尖的手指梳理脑后的头发,就像鸟类回颈啄理羽毛一样。

洪喜扑通跪在地上,哭咧咧地说:"大叔大爷们,大哥大兄弟们,帮俺想想法子弄她下来吧,洪喜娶个媳妇不容易啊!"

这时洪喜的娘被人用毛驴驮着赶到了。她一个翻滚下了驴,跌得哼哼唧唧叫唤。

"在哪儿?她在哪儿?"老太太问洪喜。

洪喜指指松树梢,说:"她在那儿。"

老太太举手遮住阳光,看到树梢上的儿媳妇,连声骂道:"妖精,妖精。"

村里的尊长铁山爷爷说:"管她是人是妖,得想法弄她下来,凡事总得有个了结。"

老太太说:"老爷爷,就拜托您给操持了。"

铁山老汉道:"这样吧,一是派人去胶州北乡把她娘、她哥,还有杨花,都叫来,她要不下树,咱就留住杨花不回去。二是回去造些弓箭,修些长竿子,实在不行,就动硬的。三是去报告乡政府,她和洪喜是明媒正娶,受法律保护的夫妻,政府兴许能管。就这样吧,洪喜你在树下守着,等会儿让人给你送面锣来,有什么变化,你就敲锣。我看她这模样,多半是中了邪,回去还要杀条狗,弄点狗血准备着。"

众人匆匆走散,分头准备去了。洪喜的娘死活要跟儿子待在一起,铁山爷爷说:"老嫂子,别痴了,你待这儿管什么用?万一有点事,跑都跑不及,还是回去好。"铁山爷爷一说,她也不再坚持,让人扶上驴背,哭哭啼啼去了。

吵吵嚷嚷的松树林子里突然安静下来，一向以胆大著称的高密东北乡的洪喜被这寂静搞得心慌意乱。红日西下，风在松林里旋转着，发出呜呜的吼声。他垂下头，揉着又酸又硬的脖子，寻了一张石供桌坐下，掏出纸烟，刚要点火，就听到头上传下来一声冷笑。他的头发被激得竖起来，浑身感到冰凉，慌忙灭了火，退后几步，仰起脸，大声说："甭给我装神弄鬼，早晚我要收拾你。"

他看到夕阳的光辉使燕燕的胸衣像一簇鲜红的火苗，她的脸上闪闪烁烁，仿佛贴上了许多小金片。没有任何迹象表明适才那声冷笑是由燕燕发出。成群的乌鸦正在归巢，灰白的鸦粪像雨点般落下，有几团热乎乎的落在他的头上，他呸呸地吐着唾沫，感到晦气透顶，松梢上还是一片辉煌，松林中已经幽黑一片，蝙蝠绕着树干灵巧地飞行着，狐狸在坟墓中嗥叫。他又一次感到恐惧。

松林里似乎活动着无数的精灵，各种各样的声音充塞着他的耳朵。头上的冷笑不断，每一声冷笑都使他出一身冷汗。他想起咬破中指能避邪的说法，便一口咬破了中指。尖锐的痛楚使他昏昏沉沉的头脑清晰了。这时他发现松林里并不像刚才所见到的那般黑暗，一座座坟墓、一尊尊石碑还清晰可辨，松树干的侧面上还涂着一些落日的余晖，有几只毛茸茸的小狐狸在坟墓间嬉戏着，老狐狸伏在野草丛中看着小狐狸，并不时对他龇牙微笑。仰脸看时，燕燕端坐树梢，乌鸦围着她盘旋。

一个很白净的小男孩从树干缝里钻过来,递给他一面锣、一柄锣槌、一把斧头、一张大饼。小男孩说,铁山爷爷正在领着人们制造弓箭,去胶州北乡的人也出发了,乡政府的领导也很重视,很快就会派人来,让他吃着饼耐心等待,一有情况就敲锣。

小男孩一转身就不见了,洪喜把锣放在石供桌上,将斧头别在腰里,大口吃起饼来。吃完了饼,他举起斧头,大声说:"你下不下来?不下来我要砍树了。"

燕燕没有声息。

他挥起斧头,猛砍了一下树干。松树哆嗦了一下。燕燕无声无息。斧头卡在树里,拔不出来了。

洪喜想,她是不是死了呢?

他紧紧腰带,脱掉鞋子,往松树上爬去。树皮粗糙,爬起来很省力。爬到半截时,他仰脸看了一下她,只能看到她下垂的长腿和搁在松枝上的臀部。他十分愤怒地想:本来现在是睡你的时候,你却让我爬树。愤怒产生力量。树干渐上渐细,有许多分杈,他手把着树杈,纵身进了树冠,脚踏树杈站定,对着她,悄悄伸出手去,他的手触到她的脚尖时,听到了一声悠长的叹息,头上一阵松枝晃动,万点碎光飞起,犹如金鲤鱼从碧波中跃出。燕燕挥舞着胳膊,飞离了树冠,然后四肢舒展,长发飘飘,滑翔到另一棵松树上去。他惊恐地发现,燕燕的飞行技术,比之在麦田里初飞时,有了明显的提高。

她保持着方才的姿势坐在另一棵树梢上。她的脸正对着西天的无边彩霞,像盛开的月季花一样动人。洪喜哭着说:"燕燕,我的好老婆,跟我回家好好过日子去吧,你要不回去,我也不让杨花给你哑巴哥哥睡觉——"

一语未了,他的脚下嘎巴一声响——松枝压断,洪喜像一块大肉,实实在在地跌在地上。好久,他手按着腐败的松针爬起来,扶着树干走了两走,发现除了肌肉酸痛外,骨头没有受伤。他仰起脸寻找燕燕,看到天上挂着一轮明月,光华如水,从松树的缝隙中泻下来,照亮了坟丘一侧、墓碑一角,或是青苔一片。燕燕沐浴在月光里,宛若一只栖息在树梢上的美丽大鸟。

松林外有人高声喊叫他的名字,他大声答应着。他想起石供桌上的锣,摸到,却怎么也找不到锣槌。

嘈嘈杂杂的人声进入了松林,灯笼、火把、手电筒的光芒移动到林间,把月亮的光芒逼退了。

来人很多。他认出了燕燕的老娘、燕燕的哑巴哥哥和自己的妹妹杨花。还认出了身背弓箭的铁山老爷爷和七八个村里的精壮小伙子。他们有的持着长竿,有的扛着鸟枪,有的抱着扇鸟网。还有一位身穿橄榄绿制服、腰扎皮带、握着公安手枪的英俊青年。他认出英俊青年是乡公安派出所的警察。

铁山老爷爷见他鼻青脸肿,问道:"怎么弄的?"

他说:"没怎么弄的。"

燕燕的娘大声叫着:"她在哪里?"

有人把手电的光柱射上树梢,照住了她的脸。下边的人听到树梢上哗啦啦一阵响,看到一个灰暗的大影子无声无息地滑行到另一棵松树上去了。

燕燕的娘恼怒地骂起来:"杂种们,你们一定是合伙把俺闺女暗害了,然后编排谎言糊弄我们孤儿寡母。俺闺女是个人,怎么能像夜猫子一样飞来飞去?"

铁山老爷爷说:"老嫂子,您先别着急,这事儿如不是亲眼看见,谁也不会相信。我问您,这闺女在家里时,可曾拜过师?学过艺?结交过巫婆、神汉?"

燕燕的娘说:"俺闺女既没拜过师,也没学过艺,更没结交过巫婆、神汉,我眼盯着她长大,她自小安守本分,左邻右舍谁不夸?怎么好好个孩子,到你们家一天,就变成老鹰上了树?不把话说明白,我不能算完。不交还我燕燕,我也不会放掉杨花。"

警察说:"大娘,先别吵,您注意看树上。"

警察举起手电筒,瞄准树上的暗影,突然推上电门,一道雪亮的光柱正射在燕燕的脸上。她挥舞手臂,飞起来,滑行到另外的树梢上去了。

警察问:"大娘,看清了吗?"

215

燕燕的娘说:"看清了。"

"是您的女儿吗?"

"是我的女儿。"

警察说:"大娘,我们不想动武,闺女最听娘的话,还是您把她唤下来吧。"

这时候,燕燕的哑巴哥哥兴奋得嗷嗷乱叫,双手比画着,好像在模仿他妹妹的飞行动作。

燕燕的娘哭着说:"不知道前世造了什么孽,别人碰不上的事都叫我碰上了。"

警察说:"大娘,先别忙着哭,把闺女唤下来要紧。"

"这闺女自小性子倔,只怕我也叫不动她。"燕燕的娘为难地说。

警察说:"大娘,您就别谦虚了,快叫吧。"

燕燕的娘挪动着小脚,走到梢上栖着女儿的那株松树下,仰起脸,哭着说:"燕燕,好孩子,听娘的话,下来吧……娘知道你心里委屈,但这是没有法子的事……你要是不下来,咱也留不住杨花,那样的话,咱这家子人就算完了……"

老太太放声大哭起来,一边哭,一边把脑袋往树干上撞着,树梢上传下来綷縩之声,好像鸟儿在摩擦羽毛。

警察说:"继续,继续。"

哑巴挥动手臂,对着树梢上的妹妹吼叫。

洪喜大喊:"燕燕,你还是个人吗?你要有一点点人味,就该下来!"

杨花哭着说:"嫂子,下来吧,咱姐妹俩是一样的苦命人……俺哥再难看,还能说话,可你哥……姐姐,下来吧,认命吧……"

燕燕从树梢上飞起,在人们头上转着圈滑翔。一阵阵的凉露下落,好像她洒下的泪水。

"都闪开,都闪开,让她落下来。"铁山爷爷大声说。

人们纷纷退后,只留下老太太和杨花在中央。

但事情并不像铁山老爷爷想象的那样。燕燕滑翔良久,最终还是落在树梢上。

眼见着月亮偏西,已是后半夜,人们又困又倦又冷。警察说:"只好来硬的了。"

铁山老爷爷说:"我担心她受惊飞出树林,今夜捉不住,以后就更难捉了。"

警察说:"据我观察,她还不具备长距离飞行的能力,飞出树林,会更容易捕捉。"

铁山老爷爷说:"只怕她娘家人不依。"

警察说:"我来处理吧。"

警察走上前去,吩咐几个小伙子把哑巴和老太太领到树林子外边。老太太哭痴了,丝毫不反抗,哑巴嗷嗷叫,警察举起手枪在他面前晃晃,他也乖乖地走了。树林里只余下警察、铁山老爷爷、洪喜和一个持棍棒、一个持扇鸟网的小伙子。

警察说:"枪声惊扰百姓,不好,还是用弓箭射。"

铁山老爷爷说:"我老眼昏花,看不清楚,万一伤了她的要害处,就不好了,还是由洪喜来射。"

他把那张用大竹弯成的弓递给洪喜,又递给他一支尾扎羽毛的利箭。

洪喜接过弓箭,沉思片刻,忽然醒悟般地说:"我不射,我不能射,我不愿射,她是我的老婆吗?她是我老婆。"

铁山老爷爷说:"洪喜,你好糊涂呀,抱在怀里才是你老婆,坐在树上的是一只怪鸟。"

警察说:"你们这些人,黏黏糊糊的,什么也干不成!把弓箭给我。"

他把枪插在腰里,接过弓箭,左手拉弓,右手扣弦,瞄着树梢上的影子,脱手放了一箭。只听得扑哧一声响,显然是箭镞钻入皮肉的声音。树梢上一阵骚动,他们看到燕燕腹部带着箭飞起在月色中,沉甸甸地砸在近处一棵矮松上。她的身体分明失去了平衡。警察又搭上一支箭,瞄着横陈在矮松上的燕燕,喊一声:"下来!"声音出口,利箭脱弦,树梢上一声惨叫,燕燕头重脚轻,倒栽下来。

洪喜哭着骂起来:"操你妈,你把我老婆射死了……"

躲在松林外的人打着灯笼火把围上来,一齐焦急地问:"射死了没有?她身上是不是生出了羽毛?"

铁山老爷爷一言不发,拎起一桶狗血,浇在燕燕身上。

姑妈的宝刀

> 娘啊娘,娘
>
> 把我嫁给什么人都行
>
> 千万别把我嫁给铁匠
>
> 他的指甲缝里有灰
>
> 他的眼里泪汪汪
>
> ——民歌

直到现在,我还是搞不清楚这段民歌里包含的意义。"把我嫁给什么人都行",嫁个庄稼汉行,嫁个叫化子也行,嫁个杀人越货的土匪也行吗?好像也行。就是不能嫁给个铁匠。铁匠,在小生产的乡村经济中,应该是具有超出一般庄户人的地位的,他们的技术既可以使他们得到高于庄稼汉的经济收入,又能使他们赢得庄稼人的尊敬。在讲究实际的乡村,那位首先唱出了这支歌的她,为什么会对铁匠如此恐惧——当然也不一定就是恐惧,"他的指甲缝里有灰",好像是她嫌铁匠不讲卫生;"他的眼里泪汪汪",这一句就颇费解了,一般地说,男子汉的眼里——一个与钢铁打交道的男人眼里泪汪汪,是一种很文学的表现,可以让人产生许多联想,眼泪汪汪的男人可以博得女人们的怜悯甚至是爱。可首唱此歌的女人竟将此作为她不愿嫁铁匠的理由。所以,我总是感到这首民歌后面一定有一个很曲折很浪漫的故事。

我无意靠编造来演绎这个故事。

我宁愿相信这是一种原本就无意义的、随口而出、只要押韵就行的为儿童的创作。

我是从我家的邻居、孙家姑妈的嘴里听到这首民歌的。当然,叫童谣也完全可以。孙家姑妈是顶着一头白发进入我的记忆的。在我们家乡,妈等于奶奶,而妈妈则以娘谓之。因此,这孙家姑妈,实则是我的奶奶辈,我母亲和父亲以"姑"呼之。我不清楚我们家与她家几代前有过什么样的关系,但孙家姑妈是我童年记忆中的一个重要人物。

我没见过她的丈夫。但她毫无疑问是有过丈夫的,因为她有两个儿子。我没有见过她的两个儿子,我只见过她大儿子的两个女儿和小儿子的一个女儿。这三个女儿年龄差不多,都是我与二姐姐的玩伴。

孙家姑妈家有三间草屋,没有大门,院墙很矮,墙头上生着野草。她家房子后边有十几棵刺槐树,开花季节,香气飘到我家来;落花季节,房顶上一片白。我吃过她家槐树上的槐花,甜甜的,吃多了则感到微涩。有一年姑妈还请我们吃过用高粱面混蒸的白槐花,黏黏糊糊的,很滑溜。她家院子里有过一棵石榴,花开时,红艳艳如火,留给我极鲜明的印象。那石榴似乎开花不结果。她家院墙根上,还生着几十墩马莲草。那是一种扁长叶、开紫白色花的多年生草本植物,叶子很韧,割下晒干后,常卖给屠户捆肉。

孙家姑妈会吸烟,用烟袋吸。她那只烟袋是黄铜锅儿、湘妃竹杆、玉石嘴儿。据她说那玉石嘴很贵。据她说玉石能救人,譬如说一个人登高不慎摔下,只要身上有玉,就伤不了筋骨,只是那玉就惊上了纹。所以玉只能救人一次。孙家姑妈说话时,用后槽牙咬着她的玉石烟袋嘴儿。从她那儿,我才为玉石的贵重找到了一个原因。

她的三个孙女,一个叫大兰,一个叫二兰,一个叫三兰,现在都成了妈妈了。

那时,我与二姐经常约三个兰去邻村听戏。她们的奶奶——孙家姑妈,总是很开通地同意她的孙女与我们一起去。

我记得她家的屋子里黑咕隆咚的,炕上和地下,摞着一些黑色的箱子,箱子里盛着什么,我不知道。当时我也没去想过那些箱子里装着什么。有一天我们去邻村看了一出戏，戏名好像是《罗衫记》，或者是《龙凤面》，记不清了。回来后孙家姑妈让我们说戏给她听，我们七嘴八舌，大概也没说清楚。孙家姑妈听着我们说，很宁静地叼着烟袋，后来她就给我们，更可能是为她自己，哼哼着唱出了那首怕嫁给铁匠的歌子。她唱完了，我们都笑了。我记得我二姐还说道：姑妈嗓子真好听。

姑妈也笑了。

我想起了那时村里小孩中间流传的一段顺口溜儿：

　　从北走到南

　　孙家三枝兰

　　大兰爱哭

　　二兰嘴馋

　　三兰不开言

这是比较典型的儿歌了。但这儿歌是不是儿童的创作也很难说，因为它相当准确地说出了三个兰的特点，小孩能有这样的概括能力？三个兰一个属马，一个属羊，一个属猴，长到十几岁时，已经分不出哪个大哪个小。她们的模样都是比较清秀的，三兰更漂亮些，但三兰是个哑巴。二兰馋，喜欢用舌尖舔嘴唇。大兰虽然年龄最大，但经常被她的两个妹妹弄哭,就好像她是个小妹妹一样。

这三个女孩当中,我最喜欢的是爱哭的大兰。可能因为我也爱哭。我最不喜欢三兰,倒不是因为她哑,而是因为大人们跟我开玩笑,要把三兰给我做媳妇。我说我才不喜欢她呢!我才不要个哑巴呢!本来在这之前我是喜欢三兰的,那时候我感到找媳妇是极其丑恶的事情。也可能是一种惧怕长大的心理在作怪吧。

我们长到十七八岁时,忽然就疏远了,我二姐有时还去她们家玩,我却不去了。有一次我见到孙家姑妈在我家院子里与我父亲说话,我竟然心中乱跳,想:一定是孙家姑妈要把三兰中的一个说给我做媳妇了。三枝兰,各有风韵,但三兰不语,这无论如何也是个重大缺陷,所以三兰是不要了。二兰嘴巴尖,骂起人来嘴巴快得如同利刀切菜一般,也不要;还是要大兰。大兰的辫子很长,性格温顺,最好。那天父亲一边锯着木头一边与孙家姑妈谈话。温暖的天气,锯末子金黄,父亲脸上淌着汗水,孙家姑妈跟父亲谈了很久才走。我走出去时,感到父亲看我的眼神很异样。

第二天,我的脸上起了一些红疙瘩,父亲冷冷地说:"你不要胡思乱想。"

父亲的话像一盆凉水浇在我的心里,我感到极其羞愧和自卑。

又过了几年,大兰找了婆家,紧接着,二兰和三兰也找了婆家。

现在,铁匠们的故事涌到我的眼前来了。

每年的麦收前夕,是我们高密东北乡最美好的季节。这时,是春尾夏头,槐花的闷香与小麦花儿的清香混在一起,温柔的南风与明媚的阳光混在一起,蛤蟆的鸣叫与鸟儿的啼叫混在一起。这是动物发情的季节,也是小伙子们满街乱蹿的季节。每年的这时候,那三个铁匠便出现在我们村的街头上。

铁匠们来自章丘县,操着外乡的口音。虽然他们的口音与我们不同,但我们听他们的话和他们听我们的话都不费力。铁匠炉支在老万家院墙外,那儿有一块空场,是第一生产小队的人扎堆等派活的地方。空场上安着一盘石碾子,那碾子整天不闲,吱吱扭扭地响着,碾轧着农家的主食——红薯干儿。墙根处有一棵柳树,树枝上挂着一口铁钟,很小的铸铁钟,这钟发出的声音能把第一生产小队的人随时召唤出来。铁匠炉支在这里是最佳的位置。

三个铁匠,领头的老师傅姓韩,大家都称他老韩;打锤的也姓韩,是老韩的侄儿,大家称他小韩;还有一个拉风箱兼打三锤的是个矮墩墩的胖子,人称他老三,也不知他姓什么。老韩细高,脖子长,脸上皱纹又深又多,秃顶,眼睛果然是永远泪汪汪的。小韩的个头也很高,但比他叔叔魁梧许多。我在创作一篇与打铁有关的小说时,脑子里曾多次出现过小韩的形象,所以也可以说那篇小说中的人物小铁匠,是以小韩为模特儿的。

实事求是地说,当时的乡村生活在物质上是相当清苦的。但回想起来,那时,我的精神绝对比现在要愉快。吃不饱,穿不暖,较之现在的脑满肠肥衣衫臃肿,似乎活得更有滋味,更有奔头;现在真是完蛋了,成了一个对生活绝望的人,成为一个无病呻吟的废物。回忆过去,既是一桩饶有趣味的工作,也有可能成为治疗脂肪多余症的药方。

那时候我们吃几个热地瓜、啃两块红萝卜咸菜就跑到第一生产小队的发令钟下看三铁匠打铁了。铁匠们早晨晚起,我们看他们打铁多数是在中午;有时晚上也去。那时的中午暖洋洋的,阳光促使我们扒掉棉袄里的棉花,我们变得腿轻脚快。狗在湾子里交配,我们坐在土墙边晒太阳。张老三家那箱蜜蜂忙忙碌碌地采槐花粉酿蜜。张老三的妻子有麻风病,长年躲在家中不露面,很神秘很恐怖。张老三是第一生产小队的饲养员,是个口才极好、出语即逗人捧腹的瘦老头。他的儿子张大力,是我二哥的朋友,身材高大,肤色漆黑,活活一座黑铁塔。我很崇拜他。我想象不出那个麻风女人怎么能生出这样一个力大无穷的儿子。张大力继承了他父亲出语滑稽的特点,村里大多数的男孩子,都愿意跟他去放牛割草,他带领我们偷瓜、摸枣、捉鱼、游泳、打架,还干一些坑害别人的事情。比如在道路上挖陷阱，在棉花地里埋屎雷，去捣乱小学校的教学，把那位留长发的女教师捉出来剥裤子，等等。我父亲曾严厉教训我二哥和我，不许我们和张大力混在一起。我父亲说：你们不怕传染上麻风病，难道不怕跟着他作恶犯法进监狱吗？父亲的话让我们胆寒，但我们还是跟张大力在一起。张大力带我们去割草，总是先给我们"保养机器"，烧麦粒吃，新鲜麦穗，放火上一燎，搓掉糠皮，半生半熟，白汁丰富，味道鲜美，没麦粒吃了就烧玉米吃，烧地瓜吃，烧豆子吃，反正都是生产队的，不吃白不吃，吃饱了省下家里的口粮。实在没什么庄稼可偷吃的季节，就捉蚂蚱烧吃，摸鱼儿烧吃，反正只要跟着张大力下地割草，总能搞点东西安慰安慰我们饥肠辘辘的小肚儿。张大力的腰里永远装着一盒用油纸包着的火柴，有一次他的火柴被水湿了，他就用鞋底搓茅草缨儿取火，烧大毛豆吃。我想我们之所以能比较好地发育成熟，与张大力带领我们大量地野餐有一定的关系。张大力每天都给我们讲一些故事，有鬼怪，有武侠，有神魔。他讲故事时，有一种让我折服的力量，似乎他讲述的一切都是他亲眼看到的。张大力很愿帮助人，我从小窝囊，有时割的草背不动，压得龇牙咧嘴，张大力就说：不中用，不中用，这点草絮个老鸡窝都不够，我用鸡巴都能给你挑回家去。那些大一点的男孩就故意激他，说：不信不信，大力吹牛！张大力被激得下不了台，就说：小子们，今儿张大爷露一手,开开你们的眼界!说完话,他果真褪下裤子,把那杆黑缨枪拨弄得像钢杵一样,挺着,憋足一口气,把我的草筐挂上去。很遗憾没有成功。他双手攥着叫痛,我们弯着腰笑。他倒了架子不沾肉地说:昨天夜里"跑了马"了,钢火不行了,过几天再挑。那时我搞不清楚所谓"跑马"是怎么一回事,我问张大力:怎么叫"跑马",张大力笑着说:跑马嘛,就是——我二哥大声咋呼我:胡乱问什么?我说:问问怕什么。张大力说:别问了别问了,过几年你就知道了。

　　张大力给我讲过一个关于宝刀的故事,给我留下了极其深刻的印象。他说真正的宝刀软得像面条一样,能缠在腰里,像裤腰带一样。他还说宝刀杀人不沾血,吹毛寸断,刀刃浑圆,像韭菜叶子一样。张大力最辉煌的时刻是在那一年的"五一"运动会上。那时我已上了学。我们村里有一所完全小学,学校里有几位体育很棒的老师,年年都举办"五一"运动会;周围村里学校的老师和学生都来参加,竞赛项目很多,有篮球、乒乓球、跑、跳远、跳高。跳高比赛那天,村里人都围在学校的操场上看热闹。张大力也在,他跟我二哥站在一起,不停地起哄捣乱,我二哥那时已经不上学。几个男老师,跳过了一百五十厘米的横竿,就再也跳不高了;张老师冲一次,把竹竿碰飞,人栽到沙坑里;陈老师再冲一次,把竹竿夹在腿间,人栽到沙坑里。李老师说:行啦,到了极限了,破了我校的纪录了。陈老师不服,把竹竿放在一百六十厘米的高度上,说,让我再跳一次。陈老师在那儿舒腰揉腿,一副认真的样子。这时,张大力从人堆里挤出来,迈开大步,撩起长腿,吆喝着:噢哟哟——朝横竿冲过去,在竿前,他胡乱一个翻滚,竟然过了竿,落在沙坑里。跳起来,他拍着屁股上的土,看着那些老师,说:你们白吃了小馒头,还不如我一个吃地瓜的跳得高。围观的村民们哈哈大笑,学生们也笑。我们的老师都很窘,红着脸。我那位班主任张大个,是在县武术队受过训的,平常日子里每天凌晨就早起去河滩上打拳,那时他握着拳逼近张大力,村里人一看形势不妙,几位年老的忙上去拦张老师,并且说:张老师张老师您别跟他个野小子一般见识。张老师双臂往外一撑,便把老人们弄到一边去。我着实替张大力害怕,也替我二哥害怕,因为我二哥就是被张老师给打退了学,此刻他又站在张大力身边,俨然一个同党模样。张大力好像有些紧张,脸皮紫红,张老师一拳打在他胸上,他低下头,哼了一声。没容张老师打出第二拳,张大力便一个黑狗钻裆,把张老师拱起来,转了一圈,从肩上往后摔去。张老师仰面朝天跌在地上,看样子跌得不轻。村里人围上去,把张大力拉走了。这件事轰动了整个村子,张大力在村人中有了很大的威信,从此他便进入了壮劳力的行列,再也不与我们这些小孩子们结堆了。但我对他的崇拜和友谊与日俱增,现在亦是。张大力还有很多事可以写进小说,譬如他当生产队小队长的趣事,他结婚后的趣事,等等。

我们坐在第一生产小队的铁钟下,一边看铁匠打铁一边听张老三讲故事。我记得有一天张老三说老万家的老婆吝啬,竟当着她的面说,你们家的粪都要在水里淘几遍,看有没米粒什么的。老万家老婆骂:张老三,你不得好死。张老三说:我死了你不是没人戳了吗。张老三说,现如今的人都没劲了,几十年前,他亲眼看到一个人,把一个几百斤重的碾砣子扛到树杈上去放着。那时一队队长是齄鼻子王科,自己说当过志愿军的,动不动就解下皮带抽人,有一次抽二兰,因为二兰偷了队里的萝卜。孙家姑妈倒着小脚,直逼到王科前面,说:王队长,小心着点,别闪了手脖子。

还是说铁匠们吧。炉火熊熊,老三和小韩都光背,胸前挂一块油布遮胸裙,裙子有密密麻麻的被铁屑烫出来的黑色小洞眼。老三和小韩胳膊上的肉都是一条一条的,看上去就有劲。老韩穿一件老粗布的黑褂子,腰背佝偻,还时不时地咳嗽。麦子眼见就熟了,农民们送来锻打的多数是镰刀,也有锄,也有镢。有新打的,那要自己从家里拿铁,有在旧器的基础上翻新的,也要拿铁来。我记得只有一次,村里有位老人来给旧斧头加钢,老韩拿出一块青色的铁来,说,老哥哥,我把这块百炼钢给你加上,让你使把快斧。张老三跟保管员要了一些铁,送来,让铁匠给打一把两头带把儿的切豆饼用刀。豆饼要切成条状,好泡,用豆饼水饮马饮骡子上膘。圆圆的豆饼夹在双腿间,双手攥着刀把,哧哧地往下切。

晚上看打铁，比白天有意思。通红的炉火映着铁匠们的脸，像庙里的金面神一样。老韩掌着钳，不断翻动着炉上铁，那些铁烧软烧白，灼目的光亮使煤火相比变红。老三拉风箱，呼嗒呼嗒响。铁烧透了，老韩提出来，放在砧子上，先用小锤敲敲，那些青色的铁屑爆起，小韩早就拄着十八磅的大铁锤等候在一边了，那柄大锤我用手提过，真沉。锤把子却是用柔软的木头做的，一抡起来颤颤悠悠，抡这样的软把子锤要好技术。小韩得到他叔的信号，便叉开双腿，抡起大锤，往铁上招呼。他打的是过顶锤，用大臂的力量，锤锤都带着风声，打在铁上，不太响亮，但那铁却像面团儿一样伸长，变扁。小韩打锤，得心应手，似乎闭着眼也能打，叮叮当当的，有些惊心动魄的味道。打铁先要自身硬，铁匠活儿累极，但铁匠们却很少出汗，通古博今的张老三说：流汗的铁匠不是好铁匠。老三有时候也扔掉风箱把子掺进去打几锤，但身手一般，尤其是跟小韩比较起来。淬火时挺神秘，我在《透明的红萝卜》里写过淬火，评论家李陀说他搞过半辈子热处理，说我小说里关于淬火的描写纯属胡写。我写淬火时水的温度很重要，小铁匠为了偷艺把手伸进师傅调出来的水里，被师傅用烧红的铁砧子烫了手，从此小铁匠便出了师，老铁匠便卷了铺盖。根本没有那么玄乎，李陀说。张老三给我们讲的更玄，他说从前有个中国小铁匠跟着一位日本老铁匠学打指挥刀，就差淬火一道关口，打出来的刀总不如日本师傅打出来的锋利。有一次日本师傅淬火,中国小铁匠把手伸到桶里试水温,那个老日本鬼子一挥刀,就把中国小铁匠的手砍落在水桶里。我把这个故事跟李陀说,李陀说那是民间传说。

淬火时水温很盛,嗞嗞啦啦地响。如果是打菜刀,淬完火后要在石头上磨出白刃。磨石的活儿也是由小韩来做。那么大一块长条石,放在一条粗壮的木凳子上,刀用木夹子固定住,小韩便拉开马步,俯下腰,只手撩水上石,然后,嚓——嚓——嚓——一会儿工夫就把那刀磨得锃亮。有人问:快了没有?小韩不说话,找一根手腕粗的木棍子,往凳子上一放,挥臂劈一刀,木棍子两断。你说快不快?小韩反问。据我爷爷说他们打出的刀并不太利,钢火一般,刀断木棍,是因为小韩力大。

那一天,我们看到,小韩在铁匠炉边和面做窝窝头儿,面是玉米面。小韩打铁行,做窝窝头不行,那只大手把一碗面摆成牛粪饼模样,贴一只圆底子黑铁锅里。他们每天吃两顿饭,三个人,一顿要吃五斤干面的窝窝头,饭量很大。有时候,他们也买几斤大肥肉膘子熬着吃,红红白白的肉,被黑的煤一戏,显得出了格的娇嫩,肉味儿香极了,勾得我嗓子眼里往外伸小手儿。二兰曾说过,等长大了一定要嫁个铁匠,吃黄金塔,就大肥肉。我们说你妈不是唱:嫁什么人也不要嫁个铁匠吗?二兰说,唱归唱,嫁归嫁。

有一段时间孙家大兰二兰看铁匠打铁入了迷,我和二姐不去时她们也去。后来我听大兰说,是孙家姑妈让她们去看的,看看那些铁匠手艺怎么样。大兰和二兰回来就夸铁匠们的窝窝头格外好吃。二兰跟人家讨要窝窝头吃,周围的人说这个小嫚真馋。小韩却宽厚地笑着,把一个烫手的大窝窝头用一张葵花叶垫着,送到二兰的手里。二兰还跟我们说:小韩胸脯上还有黑毛呢。说完了还哧哧地笑。

四月初八那天,好玩的事发生了,那天是个集,集就在我们街上赶,人很多,铁匠炉周围自然空前热闹。

孙家姑妈弓着腰来了,她穿一件浆洗得很白的斜襟褂子,白头发梳得顺溜,脑后的小髻上,插一朵紫色的马兰花,既像个老妖精,又像个老神婆。人们都看着她笑。她不笑,脸板着,严肃着呢。三个兰跟在她身后,都穿着新衣服,像三个护兵一样。张老三说孙家大嫂子,今日是怎么啦?中了邪了还是着了魔了。我说大兰二兰三兰,你们干什么?她们都不理我。三兰既哑又聋,不理我可以;二兰跟我不睦,不理我也行;可你大兰为什么不理我?头天晚上我还给你一块糖吃,你还让我摸了摸你的屁股呢。我很生气。

走到炉前,铁匠们都停了手中活,没风鼓动的煤火上,火苗子软了,黑烟多了,好像要拆炉散伙的样子。

孙家姑妈冷冷地问:"师傅,能打把刀吗?"

老韩问:"您要打什么刀?"

孙家姑妈从怀里摸出一条四棱的银灰色铁,递过去。老韩接了,翻来覆去地端详着,脸色阴沉着又问:"您要打一把什么刀?"

孙家姑妈从腰里抽出一柄银亮的刀,像抽出一束丝帛,递给老韩。老韩不敢接刀,用双手捧了那块银色灰铁,恭恭敬敬地送到孙家姑妈面前,弯腰点首地说:"老人家,俺是些粗拉铁匠,打打锨镢二齿钩子,混几口窝窝头吃罢了,请您老高抬贵手。"

孙家姑妈把刀弯起,缠到腰里,又伸手接了铁,揣回怀里,说:"好铁匠都死净了吗?"

说完话,便转身走了,三个兰跟着。

孙家姑妈腰背弯曲,小脚两只,走起路来摇摇晃晃,一阵风就能吹倒似的。倒是她那三个孙女,在那天的阳光里,像三枝兰花一样,高挺着枝叶,散发着幽香。

铁匠们当天晚上便卷铺盖走了,再也没回来过。

几年后,孙家姑妈死了,三个兰也嫁了人。哑巴三兰嫁给了张大力,岁数相差不少。那把柔软的刀也不知下落。张老三说那是一柄缅刀,杀人不见血,吹毛寸断,一般铁匠如何打得出?我听说,那把刀成了三兰的嫁妆,带过去,宝贝一样藏了几年,后来就拿出来,放在厨房里使用,有时剁肉,有时切菜。据三兰和张大力生的儿子说,那刀尽管锋利,但太轻太软,使唤起来,还不如两块钱一把的菜刀顺手。

月光斩

在县文化局工作的表弟给我发来邮件说：表哥，最近县里发生了一件大事，请看附件——

八月七日上午八点。县委办公大楼五层保密室。机要员小冯，是你的老同学冯国庆的二女儿。小冯刚上班，提着热水瓶想去打开水，听到窗户外乌鸦噪叫，探头往外望，发现那棵最高的雪松顶梢悬挂着一个黑乎乎的东西，起初以为是乌鸦们在此筑了巢，心中有几分丧气，继而又见那些乌鸦竟像不畏生死的斗士轮番向那黑物攻击，心中诧异，定睛细看，是一颗人头，随即发出一声尖叫，热水瓶掉在地上，竟然没碎，也是奇迹，正在整理文件的小许——她是你老战友的三女儿——跑到窗前往外看，发出更为夸张的尖叫。几分钟后，县委大楼朝南的窗户全部打开，县委大院，乱成一个如被火燎的马蜂窝。

虽然人头已被乌鸦啄得千疮百孔,但人们还是辨认出那是县委刘副书记的面孔。他面色惨白,愈显得精心染过的头发漆黑如墨。他的眼睛已被乌鸦啄瘪,看不到他的眼神了,因此也就无法想象他临终时刻是惊惧还是愤怒,是浑然无觉还是早有准备。有人道:不一定是乌鸦所毁,很可能是罪犯所为,因为据说西方已经可以用一种特殊技术,从死者的视网膜提取信息,然后输入电脑,显示出罪犯的形象。由此判断,罪犯是一个对犯罪学相当了解的高智商者,绝不是一般的坏人。又有人说,罪犯将人头悬挂在县委大院,显然有杀鸡儆猴之意,带有明显的政治意图,因此可以排除一般的情杀或图财害命。刘副书记是从组织部长提起来的,主管干部提拔任用多年,少言寡语,为人谨慎,有良好的口碑,究竟是什么人,将这样一个好干部残忍杀害?闻风而至的县公安局几乎所有的警车发出的刺耳尖啸把所有人的声音都淹没了。县消防中队的一辆救火车开进大院,竖起云梯,一个穿杏黄色防护服的消防员爬上去,展开一块红绸,将人头小心翼翼地包起来。乌鸦愤怒地对他发起冲击。他举起一只胳膊护住面颊,用另一只胳膊夹着人头,迅速地爬下来。

人头被一个着白大褂的法医接过去,小心翼翼地托着,钻进警车,鸣着笛,转着灯,开走。市里的警车与市委领导的车也赶到了,大院里无处停车,就停在了大楼前的永安大街上。县里的防暴警察和武警中队的官兵已经在大街上排开人墙,封锁了道路,成群结队的行人和自行车被封堵,形成了两个黑压压的人团。万头攒动、人声如潮。警察用电动喇叭喊话,命令人们绕道而行。人们却一个劲地往前挤,直至公安局的马副政委对天鸣枪示警,才恋恋不舍地散去。警笛声停止,但车顶上的警灯还在把一束束令人心寒的光芒扫来扫去。县委大楼上所有的窗户都遵命关闭,但许多人的目光还是不由自主地往外斜,即使他们目不斜视地盯着书本、文件或是压在玻璃板下的照片,但他们的脑海里……好了,表哥,我不想对你描绘刘副书记遇难后发生在县委大楼的事了,从表面上看,已经没有什么异常。常委们躲在五楼小会议室里开紧急会议,各办公室里的人们以比平日严肃得多的态度工作,小头头儿们抓住一点鸡毛蒜皮的小事严厉地训斥部下,而部下也带着痛不欲生的表情承认错误。当然,每个人心中的想法,就只可意会不可言传了。

很快就传来了消息,说在县城惟一的那家三星级饭店的一个豪华套间里,发现了刘副书记的尸体。尸体穿着深蓝色的西服,脖子上扎着紫红色的领带,端坐在沙发上,只要安上一个头就可以作报告。清扫房间的服务员进门后就感觉好像缺了点什么,怔了半天,才发现客人无头。奇怪的是,竟然没有一点血迹,米黄色的化纤地毯像是刚刚用强力吸尘器吸过一样,连一点灰尘都没有。断头处,仿佛用烙铁烙过一样平整——也有人说仿佛用速冻技术处理过一样平整。房间里没有任何的搏斗痕迹和罪犯留下的蛛丝马迹。这样的现场,令县里和市里那些刑警挠头不止。下午,省公安厅的破案专家飞车赶来。他们看了现场,研究了被分成两截的遗体,也感到大惑不解。问题的焦点集中在:刘副书记的血流到哪里去了?罪犯使用什么样的凶器才能干出这样干净利索的活儿?

当省、市、县的破案专家绞尽脑汁思索的时候,一个传说,像风一样吹遍了县城的每一个角落,连永安大街上那两处爱民工程、外面用绿色马赛克里边用白色马赛克贴了墙面的公共厕所都没漏过——厕所尿池子上方白色的马赛克墙壁上,有人——也许是鬼——用彩笔写上了三个大字:月光斩——当然这传说也从县城波及到了乡村,甚至传到了外县、外省、外国。那三个字,每个都有足球般大,字迹稚拙,乍一看颇似顽皮儿童的涂鸦,但仔细研究,又像一个很有书法根基的人在扮嫩。

何为月光斩?人们马上就想到了一部香港拍摄的电视连续剧的名字,剧中有个人物,手持一把寒光闪闪的宝刀,专拣明月皎皎之夜杀人。但传说中的月光斩与这部香港电视剧毫无关系。传说里说——

一九五八年,大炼钢铁的时候,城关公社的一群机关干部,突发奇想,冲到新建的县火葬场,要用那台新安装的化尸炉炼钢。火葬场技术员向这些人解释,说化尸炉跟炼钢炉根本不是一种构造,但那批执拗的干部,任火葬场技术员磨得嘴唇起泡也不动摇。说他们去国营天河洼农场请来两位右派,帮助改造化人炉。这两位右派,一位名叫任你行,一位名叫令狐退。任你行原是钢铁厂的副总工程师,在苏联留过学,获得过副博士学位。令狐退原是省冶金学校副校长,留德归来的材料学专家。这是两个真正的专家,与当时那拨子建土炉子炼钢的人有天壤之别。如果不划成右派,我们这个小县城用八抬大轿也请不来他们,但成了右派后,一请就把他们请来了。这样两个人,别说是把化尸炉改成炼钢炉,给他们个尿罐,也能改造成可以熔化黄金的坩埚。这个由化尸炉改造成的炼钢炉,炼出了一块纯蓝的钢,就像国王的妃子抱了钢柱而受孕产下来的那块铁一样玄妙。他们往炼钢炉里投进去一百多个破旧的日本钢盔、五十多口铁锅、一万多个从棺材上起出来的铁钉,还有一千多枚罗汉钱,但出钢时只流出不满的一勺钢水。这是真正的金属的精华,七道凌厉的蓝光直冲云霄,有七颗流星沿着蓝光落到钢水勺里,它们在降落时,金光与蓝光剧烈磨擦,放射出刺目的强光,并散发出浓烈得让人昏迷的烧冰的香气——把冰凌放在火上烧,这是我们那里的坏小孩常玩的游戏——我知道这样写有悖物理学原理,但这是传说,姑妄言之姑妄听之。七星落入钢水勺后,正好齐平勺沿。那两个右派中的一个,可能是令狐退,也可能是任你行,亲手端着钢水勺子,浇灌到早就准备好的长条形钢锭模子里。他们准备了一百多个模子,但只灌了半个模子。这块钢——姑称为钢吧——在模子里慢慢冷却了,炼钢炉里的火也熄灭了,只有邻近火葬场的人民医院里那个土高炉还冒着黄色的火苗子。不久,人民医院的土高炉也灭了。此时,天上一轮明月,放射着浅蓝的光辉,那块钢,在模子里放出幽蓝的光芒,令在场的人心中都滋生出了庄严、神圣的感情。至于这块奇异蓝钢的下落,有许多种说法,但每一种说法,都无从调查,因为那些参加过炼钢的人大半作古,活着的人,也只能提供一些含糊的证词。如果沿着这些证词调查,那就如同太阳的光线一样,射向四面八方,有的变成植物,有的变成气体,有的变成人类无法认识的物质。

但很快又有一个令人振奋的传说出现。

县城东门外,原有个东关村,村里有户铁匠,姓李。李铁匠六十丧妻,三个儿子,陆续成人,都无妻室,跟着父亲打铁为生。父子都是文盲,春节时,请村里一位曾经当过私塾先生的人写对联。那人好谑,提笔写道:

一门四光棍
父子八大锤

横批不合规矩,只有三个字:

硬碰硬

此联大为有名,县城的人都知道。新的传说与这户铁匠有关。

说"文化大革命"期间的一个傍晚,铁匠炉封了火,苞米粥的香气弥漫全室。铁匠们的饭量极大,一个比笸斗还大的双耳锅吊在铁匠炉上方,锅里的金黄的粥倒出来足有一桶。兄弟三个围锅站立,每人捧着一个粗瓷大碗,喝得满室粥响。老铁匠病了,缩在墙角的地铺上,盖着一张烂羊皮,在那里哆嗦、哼哼。炉里飘游不定的蓝色火苗不时照亮老铁匠铜色的干巴脸,然后便敛了,房子又沉入黑暗。心比较细的老三嘴里有粥,含含糊糊地问:爹,你还是喝一碗吧,人是铁,饭是钢,一顿不吃饿得慌。老铁匠咳嗽一阵。喘息着问:粮食市上的苞米,涨到多少钱一斤啦?老大瓮声瓮气地说:管他多少钱一斤,水涨船高,粮食价涨,咱的工钱也跟着涨。老二道:这年头,还不知怎么闹腾呢,吃了今日就别去管明日啦。老铁匠喘息着说:今晚上加班,把"井冈山"红卫兵那批扎枪头子打出来,收一笔钱准备着,世道乱了,好往关外逃。三儿子道:你以为关外就不乱了吗?没听到大喇叭里吆喝?五湖四海一片红啦。爷们儿正说着,喝着,听着县城里传出来的阵阵呐喊和火车的凄厉笛声,感受着火车进站时引起的地皮震颤,就有一个人影轻悄悄地,犹如一匹金钱豹子闪了进来。

正好又有一个罂粟花般大小的蓝色火苗从封住的火炉上飘起来,悬浮着,久久不逝,照亮了来者。

那是一个年约十五六岁的姑娘,身穿一套草绿色的仿制军装,腰里扎着一条奇宽的牛皮腰带,使她的身材显得有几分英武。她头上扎着两根小辫,浓眉大眼,蒜头鼻子,长嘴厚唇,有点儿傻气。当然,她的胳膊上也套着一个红色的袖标。最重要的是,她怀里抱着一个黑色的包裹,看上去十分沉重,不知道里边是什么东西。

铁匠兄弟都是正当盛年的光棍,来者虽是一小丫头,但毕竟是女性,所以他们都用热情的眼光上下打量着她。姑娘把怀中的包裹扔在地上,发出沉闷的响声,使地皮都颤抖。你是"井冈山"的吗?老三说,你们那批扎枪明天才能打出来。老二道:回去告诉你们的头头儿,一手交钱,一手交货。老大道:苞米涨价了,煤也涨价了,我们的扎枪头也涨了,每个两块钱。姑娘直起腰,把双手的拇指与食指插进腰带,捋捋衣服,又往下抻抻衣角,挺起胸膛,冷冷地说:我既不是"井冈山"的,也不是"东方红"的,我是"独立大队"。老三笑道:蒙谁呀?县城里根本就没有这么个红卫兵组织。姑娘道:我不跟你们废话,我有块好钢,请你们帮我打一把刀。老三道:什么好钢,拿出来瞧瞧。于是,姑娘蹲在地上,解开地上的包裹。先是一层黑布,继是一层蓝布,然后是一层红布,最后是一层白布。当那层白布解开时,炉子上方那个飘游的火苗像胆怯的小鼠一般,倏地钻进了煤堆。被烟熏火燎得黝黑的铁匠铺子顿时被一种幽蓝的光芒照亮,四面的墙壁和房顶,仿佛都刷了一层明亮的釉彩,焕发出动人的光芒。铁匠兄弟们都忘记了喝粥,捧着碗,张大嘴,眼睛直愣愣地瞪着那块钢。那块钢安静地躺在白布上,仿佛一条远古时代的鱼。女孩伸出一根手指,轻轻地触摸了一下那块钢,然后疾速缩回,仿佛那块钢奇冷又仿佛那块钢奇热。她用挑战的口吻说:看到了吧?就是这样一块钢。我想请你们打一把刀,样子我也带来了,但不知你们有没有这个本事。她说着,从衣兜里摸出一张折叠成儿童玩的纸炮形状的纸片,展开,举给就近的老三,道:就照着这样子打。老三接过纸片,借着那钢的光,看着纸上的图。那是一把古老样式的刀,刀把是个圆环,刀背弧线流畅,宛如妙龄女子的腰背。刀尖与刀背吻合部形成一个钝角,刀刃线条凸起,犹如鱼的肚腹。这样的刀,倒也不难锻打,老三说着,将纸片递给老二,老二看罢,又递给老大。老大道:不知这位姑娘能出多少加工费?姑娘冷笑一声,道:只要你们能将这块钢,锻打成这样一把刀,加工费嘛,要多少就是多少。老大说道:小姑娘,别说大话,你爹不是银行行长,即便你爹是银行行长那些钱也不是你们家的对不对?告诉你,我打铁三十年了,我爹打铁六十年了,什么样的钢没见过?什么样的铁没砸过?你想用这块抹了一层荧光粉的铁来糊弄我们吗?姑娘冷笑着,一探身夺回纸片,装进衣兜,然后便蹲下,包裹那块蓝钢。这时,一直缩在墙角的老铁匠气喘吁吁地说:姑娘,慢着点包裹。老三,扶我起来,让我见识见识。老三上前,扶起老铁匠,颤颤巍巍地过来,一低头,眼睛里立即生出光彩,脸上的肌肉也猛然紧张起来,仿佛片刻之间变成了另外的一个人。他蹲下,抬头看看姑娘,低头看看蓝钢;抬头,低头;抬,低;然后伸手触了一下蓝钢。然后又触了一下。又触。每一下都像蜻蜓点水。然后,站起来,双手抱拳,作一个长揖,小心翼翼地说:姑娘,儿子们出语无状,多有得罪。我们是些土铁匠,锻打个锨、镢、镰、锄,混碗苞谷粥糊口罢了。这样的宝物,您还是另请高明吧。姑娘叹一口气,说:都说李铁匠家祖上是为康熙大帝打过屠龙宝刀的御用铁匠,原来不过尔尔。说罢,用无比失望的眼光扫视了一遍铁匠父子,蹲下身,包裹那钢,艰难地抱起,趔趔趄趄向外走去。房子顿时又沉入黑暗,那蓝色火苗浮起,照耀着铁匠父子的脸,犹如四尊尴尬的泥神。姑娘的身影,犹如金钱豹子,即将在门口消失的那一刹那,老铁匠用悲凉的声音问:姑娘,你到哪里去?——我把这块钢,扔到南湾里去,让它沉没到淤泥中,永远不见天日——回来,姑娘,老铁匠说,这是我的命,逃是逃不过的。——你决定要征服它了吗?姑娘的身影又如金钱豹子,一闪便回到了铁匠炉旁。她目光里闪烁着惊喜,道,我知道你不会放过它的,一个好铁匠,总是盼望着这样的钢出世,然后,用奇特的方式,使它服从自己的意志,变成一把宝刀。老铁匠脱下身上的破褂子,露出瘦骨嶙峋的胸膛,从水桶里舀起一瓢冷水,咕咕地灌下去,然后一抹嘴,腰板挺直,仿佛年轻了二十岁,或者三十岁,雄赳赳地说:儿子们,生起火来……生起来啊生起来火……生起火来……"

老铁匠的二儿子用铁钩子捅开煤壳,拉动风箱,呱嗒呱嗒,白烟上冲,直冲房顶,火星四窜,火苗紧接着出现。老铁匠从姑娘怀中接过那包裹,放在层子正北方向的祖先牌位前,跪地,行三跪九叩之大礼。礼毕,将包裹解开,悲切切地说:列祖列宗,保佑吧!祝毕,将右手中指塞进嘴巴,咬破,在那蓝光的映照下他的血也成了蓝色,滴滴下落到那钢上,先发出丁丁冬冬的声响,仿佛珍珠落到冰上,然后又咬破左手中指,将血滴上去,又发出嗞嗞啦啦的声响,仿佛那钢是灼热的。铁匠的儿子们嗅到了古怪的香气,与那用荷叶包裹着的人血馒头放至灶火里烧烤时的香气颇为接近。血祭完毕,那钢的蓝色浅了,淡了,不似初时坚硬凌厉,增添了些许温柔,与深秋时节的满月光辉有几分相似。然后,也不包扎手指,搬起那钢,如抱着一个十世单传的婴孩,塞进了熊熊的炉火之中。

用了比烧透一般钢铁十倍的时间,才将那块蓝钢烧透。当爷儿们用头号大钳把那蓝钢抬到铁砧子上时,铁匠铺里变成了冰一样透明的世界。屋子里的人和物,都仿佛远古时的物体,被凝固在一块浅蓝的琥珀里。此时,只有凝神观察,才能看到那块鱼一样形状的钢,活泼泼地躺在砧子上,浑身抖动不止,不知是痛苦还是兴奋。老铁匠操着小锤,与其说是打,毋宁说是抚摸了一下那蓝钢。三个如狼似虎的儿子,各操着十八磅的大锤,各打了一锤。接下来,老铁匠的小锤便如鸡啄米一样迅疾地敲打下去,三个儿子手中的大锤,挟带着狂热与激昂,如同奔驰中的烈马之蹄,迅速无比但又节点分明地砸下去。奇怪的是竟然没有声音。往常这父子四人打铁时发出的声响半条街上都能听到,连火车的汽笛声都被盖住,但现在,这锻打,这劳动,剧烈之极,但墙角上蟋蟀的鸣叫都声声入耳,让人感觉到深秋之悲凉,生命之短暂。那个小姑娘呢?那个姑娘缩在墙角里,双手捧着腮,眯缝着眼睛,犹如饱食后蹲在大树上休息的金钱豹子。奇怪的是如此猛烈的锻打,竟然没有半点的火星溅出,往常这父子四人打铁时,火星四溅,碰到墙壁反弹回来,发出扑簌簌的声响,远远看过来,宛如礼花绽放。这样的锻打持续了足有半个时辰。三个儿子身上热气腾腾,犹如三根刚从油锅里夹出来的油条,但那老铁匠,却连一滴汗珠都没流。老铁匠手中的小锤慢了下来,儿子们手中的大锤跟着慢下来。小锤更慢了,东一下,西一下,宛如一只吃饱了的鸡,在米堆里拣虫吃。老铁匠歪着头,眯着眼,神情和姿态都与一只黑色的老公鸡相似。更慢了。当当,小锤声;哐哐,大锤声。当,哐,当,哐。

小锤扔在地上,站立着,柄儿摇晃,终于静止。三个儿子如同三株朽木,瘫倒在地上,只有老铁匠还站着。炉子里的火半明半暗,蓝色的火苗柔软无力,犹如微风中的丝绸。老铁匠头顶光秃,嘴角下垂,脖子上老皮垂挂,仿佛老了二十岁,或者三十岁。他勉强站着,用目光招呼着那个小姑娘。小姑娘畏畏缩缩地走到铁砧子前,先看了一眼老铁匠,然后低头看砧子。她又抬起头看老铁匠,满脸疑惑。无怪她疑惑,因为那砧子上似乎什么都没有,好像那块奇异的蓝钢,被铁匠父子们打成了空气,或者打成了光,涂抹到这房间里的所有物体上,连人的皮肤上、头发上、眼睫毛上,涂抹的都有。老铁匠眼睛半睁着,可见疲劳已使他的眼皮没了力气,声音细弱,如同蚊虫哼哼,非侧耳屏气难以听到。但姑娘分明是听到了。她把右手中指塞进嘴巴,一口咬破,血珠滴落,举到砧子上。一股碧绿的烟雾腾起,房子里溢散开用灶火烧烤用荷叶包裹着的用人血蘸过的馒头的气味。与此同时,那把刀的形状便在砧子上渐渐地显现出来。大约有一米长,最宽处约有二十厘米,完全符合那张纸片上的形状。她又将左手的中指咬破,血珠滴落,举到刀上,丁丁冬冬,如同珍珠落在冰上。与此同时,那刀的形状又渐渐朦胧了,犹如雾里看花,水中望月,隔着玻璃看沐浴的美人。

你把它拿走吧。说完这句话,老铁匠往后便倒,随即停止了呼吸。

你把它拿走吧。说完这句话,老铁匠的大儿子随即停止了呼吸。

你把它拿走吧。说完这句话,老铁匠的二儿子随即停止了呼吸。

你把它拿走吧。老铁匠的小儿子说。

姑娘抓起那把刀,犹如捏着一段月光,对铁匠的小儿子说:你跟我一起走。

这两个年轻人,女的提着刀,男的空着手,走出铁匠铺子,走上街道,走出东关村,进入原野,消逝在蓝色的月光中。

这把刀的名字叫"月光斩"。

只有用"月光斩"砍人首级,才能滴血不出,才能茬口如熨过的"的确良"布料一样平滑。

但不久又有一个传说出来,传说说:身首分离的刘副书记,其实是一个塑料模特,不知道是哪个恶作剧的家伙,或者是哪个被刘副书记扇过耳光的坏蛋,制造了这样一出闹剧。尽管是闹剧,但造成了极为恶劣的政治影响,对刘书记的名誉也有毁灭性的伤害,而且还造成了难以估量的经济损失,那么多的警车,那么多的警察、武警,那么多的官员,都投入到破案中去,车辆磨损、汽油耗费、工资、差旅费……嗨!

为了挽回影响,县委、县政府在人民广场举行篝火晚会,庆祝中秋佳节,电视台直播。人们从电视里看到,刘副书记先讲话、后唱京戏,又与女青年跳舞。无论是讲话、唱戏还是跳舞,他的脸上都带着微笑,非常有亲和力,非常平静,仿佛什么事情都没有发生过。

看完了附件,我给表弟回复邮件:表弟如晤,久未通信,十分想念。姑姑好吗？姑夫好吗？建国表哥好吗？青青表妹好吗？你在县城工作,要经常回老家看看,姑姑姑夫年纪大了,多多保重。你若回去,一定代我去眉间尺的坟前烧两箔纸钱。遇见韦小宝的后人,一定要礼貌周全——宁得罪君子,不得罪小人,这是古训,不可违背。一转眼间你也快三十岁了,婚姻问题要赶紧解决,天涯何处无芳草？不必死缠着小龙女不放,我看那个还珠格格就不错,野是野了点,但毕竟是金枝玉叶,跟她成了亲,对你的仕途大为有利,赶快定下来,万勿二心不定,是为至嘱。

中 国 短 经 典

姊妹行	王安忆
姑妈的宝刀	莫 言
钻玉米地	张 炜
白雪猪头	苏 童
一匹马两个人	迟子建
麦子	刘庆邦
哪里来哪里去	方 方
厚土	李 锐
写字桌的1971年	叶兆言
唱西皮二黄的一朵	毕飞宇
哪年夏天在海边	范小青